詩歌흐르는서울 평생학습원

졸업 작품집

문예출판

『시가흐르는서울』 평생학습원
졸업작품집 발간 축사

시는 하루아침에 빚어지는 것이 아님을, 우리는 잘 알고 있습니다. 마음을 다해 하나의 언어를 붙들고, 수없이 지우고 다시 세우는 고독하고도 지난한 여정 속에서 비로소 한 편의 시가 태어납니다.

지난 한 해 동안 『시가흐르는서울』 평생학습원의 8기와 9기 졸업생 여섯 분은, 그 묵묵한 인내의 길을 성실하게 걸어오셨습니다. 여러분의 진지함과 고뇌의 시간에 깊은 찬사와 격려를 보냅니다.

시인의 길은 단지 아름다운 문장을 짓는 일이 아니라, 선을 향해 나아가는 삶의 자세 그 자체입니다. 시는 인간의 내면을 맑게 비추고 세상의 그늘진 곳에 빛을 건네는 일이며, 하나의 언어로 세상을 조금 더 따뜻하게 만들려는 간절한 의지입니다. 이 길을 택한 여러분은 이미 그 고귀한 뜻을 품은 분들이라 믿습니다. 함께 시를 고민하던 시간을 뒤로하고 이제 여러분을 떠나보내려 하니, 벅찬 기쁨과 함께 서운함이 교차합니다.

　이곳의 온기와 시심을 나누던 순간들이 그리울 것입니다. 이번 졸업작품집은 단순한 시 모음집이 아니라, 여러분의 한 해 동안의 땀과 사유가 응축된 영롱한 결정체이며, 앞으로 쉼 없이 이어질 문학 여정의 소중한 첫 이정표가 될 것입니다.

　졸업생 여러분, 오늘의 성취는 끝이 아니라 더 큰 세상으로 나아가는 새로운 시작입니다. 일찍이 저의 스승이신 황금찬 선생님께서는 '시인 한 사람이 태어날 때마다 하늘이 열린다'는 말씀을 남기셨습니다. 오늘 저는, 바로 이 자리에서 여섯 개의 새로운 하늘이 찬란하게 열리는 경이로운 순간을 목도합니다. 부디 오늘의 이 설렘과 열정을 잊지 마시고, 더 깊고 넓은 시의 바다를 향해 힘차게 나아가시길 바랍니다. 시는 앞으로도 여러분의 삶 가장 가까운 곳에서 가장 따뜻한 벗이 되어줄 것입니다.

　여러분의 앞날에 늘 맑은 시심이 샘솟기를 바라며, 진심 어린 축하와 뜨거운 응원의 마음을 전합니다.

2025년 9월 29일
『시가흐르는서울』 문학회 대표 김기진 시인

축사
『시가흐르는서울』 고문 김종상 시인

　내가 흙 속에서 찾아낸 빛나는 보석들에게 풀잎에 맺힌 아침 이슬처럼 맑고 영롱한 시집이 세상에 나왔습니다. 제가 여러분의 투박하지만 진심 어렸던 첫 원고를 읽고 그 가능성을 발견했던 순간이 어제 같은데, 어느덧 이렇게 눈부신 결실을 맺었습니다. 한 해 동안 땀 흘려 시의 밭을 성실히 일군 열두 분의 제자들에게 진심 어린 축하를 보냅니다.

　시는 가장 순수한 마음의 언어입니다. 세상을 어린이의 눈으로 바라볼 때, 길가의 작은 들꽃에서도 우주를 발견할 수 있는 법입니다. 여러분이 언어를 닦고 마음을 갈아온 시간을 지켜보며, 여러분의 첫걸음을 떼게 해준 스승으로서 더없는 기쁨과 보람을 느낍니다.

　여기에 든든한 선배 시인들이 함께 길을 열어주니, 문학의 뜰이 더욱 풍성해졌습니다. 서로가 서로에게 거울이 되고, 길이 되어주는 이 아름다운 여정에 저 또한 응원의 박수를 보냅니다.

　오늘의 이 기쁨을 발판 삼아, 세상을 더욱 맑고 깊게 바라보는 시인으로 성장하시길 바랍니다. 여러분의 첫 시집 발간을 다시 한번 축하하며, 그 앞날에 무한한 축복이 함께하기를 기원합니다.

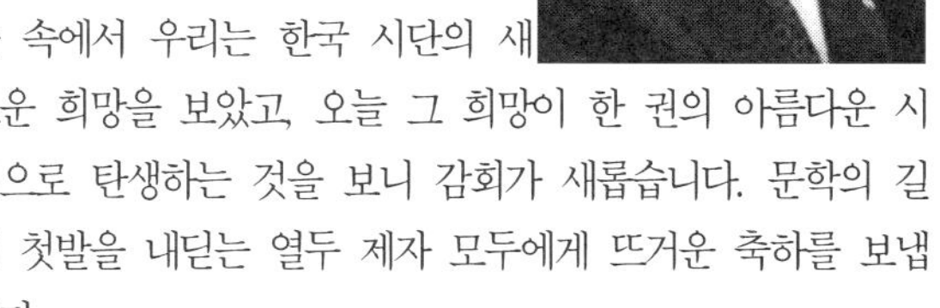

　시인의 이름으로 세상에 서는 제자들에게 한 권의 책이 탄생하기까지는 숱한 고뇌의 밤이 필요합니다. 제가 김종상 시인과 함께 여러분의 원고를 처음 마주했을 때의 설렘이 아직도 생생합니다. 그 원고들 속에서 우리는 한국 시단의 새로운 희망을 보았고, 오늘 그 희망이 한 권의 아름다운 시집으로 탄생하는 것을 보니 감회가 새롭습니다. 문학의 길에 첫발을 내딛는 열두 제자 모두에게 뜨거운 축하를 보냅니다.

　시인은 시대의 아픔을 끌어안고, 삶의 진실을 캐내는 광부와 같습니다. 여러분을 세상에 내놓는 스승으로서, 부디 시인이라는 이름의 무게를 잊지 말고, 늘 겸허한 자세로 인간의 존엄과 내면의 소리를 탐구하는 고독한 구도자의 길을 정진하시길 바랍니다.

　선배 시인들의 작품과 어우러져 더욱 빛을 발하는 이 작품집이, 여러분의 문학 인생에 굳건한 주춧돌이 되리라 확신합니다. 여러분의 문학 인생에 첫 주춧돌을 놓아준 스승이 될 수 있어 영광입니다. 부디 이 첫 마음을 잊지 마시고, 세상을 밝히는 좋은 시를 많이 남겨주시길 부탁드립니다. 여러분의 문운이 창대하기를 빕니다.인

졸업 작품

선배 시인 작품

소백 김영숙 시인

내면의 '나'를 깊이 응시하며 삶의 진실을 길어
올리는 섬세한 사유의 시인.

소백 김영숙 시인

시가흐르는서울 신인상 시부문
시가흐르는서울 동인
시가흐르는서울 월간문학상 선정위원
KT 체신청, 액티브시니어 지도사
스피치 지도사 문학테라피과정 강사
시니어플래너 지도사

소회

　이영실 님의 소개로 '시가흐르는울'에 참여하여 김기진 대표님을 만나 시 창작 수업을 들은 지 어느덧 일 년이 되었습니다. 처음에는 한 달에 두 편씩 시를 써서 내는 일이 어색하기만 했습니다. 하지만 수업을 거듭하며 유의어를 찾고 정성껏 퇴고하는 과정 속에서, 서툴던 글이 한 편의 시로 조금씩 여물어 가는 것을 보며 큰 재미와 신비로움을 느꼈고 때로는 경이롭기까지 했습니다.

　그렇게 일 년의 과정을 거쳐 오늘 '수료'라는 값진 결실을 맺었습니다. 삶의 곧은 길 위에서 꼿꼿하게 살아간다는 것이 얼마나 무게 있는 일인지 새삼 깨닫게 됩니다.
　그동안 9기 반 반장 맡아오며 대표님의 진솔한 가르침 아래 이처럼 영광스러운 졸업을 할 수 있어 무척 기쁩니다. 또한 함께 공부하며 서로 격려하고 도와주신 동료 시인님들께도 고개 숙여 깊은 감사를 드립니다.

　헤어짐은 또 다른 만남을 기약하는 것이겠지요. 김기진 대표님과 함께한 모든 분이 늘 건강하시고, 앞으로도 진실을 추구하는 시와 함께 아름다운 삶을 가꾸시길 바랍니다. 여러분의 삶이 반짝이는 별처럼 빛나고 풍성한 열매를 맺기를 진심으로 기원합니다.

나의 나 / 김영숙

목도리와 장갑으로
에워도
차가운 냉기가 파고드는 날

너와 다투고
돌아서서
집에 왔는데

현관 앞 우르르
쏟아지는 소낙비는

바위를 뚫고
승천하려 한다

차분히 펜을 들고
편지를 쓴다
너는 네 속에 나

네가 소중해서
놓기조차 어려웠어

이제는 독립되어
어려움 속에 예쁜 꽃을
피워내는 네가

너무도 자랑스러워
손잡아 안고 싶은데
삼과 구 사이가
멀어져 빙벽으로
가로막혔다

해답을 알고 싶은데
실타래는 꼬일 뿐
풀어지지 않는구나

그래 내가 광년을 몸부림쳐도
떨쳐낼 수 없는 나의 그림자
가슴에 자라는 풀꽃이다

아름다운 손 / 김영숙

일곱 식구의 맏딸로 태어나
부모님께 기쁨이 되고자
소 꼴을 베고 산나물을 뜯던 손

배추 한 포기, 밥 한술로
죽을 쑤어 나누던 저녁
허기진 삶에도 웃음과
온기를 품었던 따스함이 지금도
손끝에 남아 있다

엄마가 밭으로 나간 부엌을 지키며
밥알 냄새와 동생의 울음이
얽히고설킨 시간의 무늬를 새긴 손

내 손을 거칠다 흉보는 친구야
너의 손은 곱고 예쁘지만
내 손은 흙냄새와 땀방울로 빚어낸
삶과 사랑의 흔적을 새긴
누구보다 강하고
아름다운 손이다

토마토 오이 고추를 심으며
땀으로 길러낸 밭의 채소들
그 싱그러운 맛과 향
너는 결코 알 수 없으리라

엄마는 늘 말씀하셨지
"우리 큰딸은 똥도 버리기
아까운 보물"이라고
어머님의 사랑의 말씀이
가슴에 스며있고 내 거친 손엔
삶의 모든 계절이 새겨져 있다

세상의 거친 바람을 견디며
삶을 일구고 사랑을 심어 온 손
거칠지만 그 무엇보다 빛나는
아름다운 손이다

쑥쑥이 / 김영숙

쑥쑥이는 쑥쑥
자라라는 태명
찬란한 무지개 꽃처럼
찾아온 보물
내 품을 스치는
곱디고운 아이

초롱초롱한 눈망울로
초록빛 하늘을
올려다보던 너
꼬물꼬물 작은 발
내 딸의 발을 꼭 닮은
예쁜 발

솜사탕처럼 달콤한
해나라 달나라로
날아가던 숨결
내 품속에서 피어나던
따스한 시간

초록빛 꿈으로 자라고
언제 보아도
산소 같은 아이
두 팔 가득 안아주리라
너의 작은 손을 꼭 잡고

꽃길을 함께
걸어가리라
하늘이 유리처럼
맑았던
칠월의 산마루 하늘
집에서

바라보며 웃었지
행복해서 웃었지
꽃 같은 쑥쑥이

마가리 / 김영숙

바람이 머리를 만지작거리는
마가리에 누워 높은 곳을 봅니다
초록빛우산 사이로 해님이 드리우고
정다운 속삭임이 나를 감싸요

그리운 임이시여
오늘도 나는 그대를 봅니다

햇볕처럼 따스하고 맑은 눈빛
나지막이 들려오는 음성
밤의 흔적이 남아있는 새벽
멀리서 뚜벅이
그대가 맑게 웃어요

바람은 허공을 걸으며 날아가고
그대가 먼 길 떠나간 뒤
외막 나마리와 속삭이죠

살찐 나무들 사이
마가리 지어놓은
무하유지향無何有之鄕에서
먼 날을 기다립니다

가을 햇살 / 김영숙

햇살이 눈부시게 고운 만산
이슬을 머금은 꽃잎

노오란 손가락 의자에 앉은
단풍잎은 서로 안부를 전하고

햇살이 앉은 담벼락 위로
넓은 노을이 마중 나온다

붉게 물든 그리움
가슴에 휘돌아
노을 속에 번진다

나목 / 김영숙

폭설이 남긴 눈꽃 그림자
벗은 나무 위로 포근히
쌓인 흰 눈
언덕을 헉헉 구르면
하얀 이층집

하늘을 사랑하며 키가 큰 나무
소복이 쌓인 흰 눈을
벗어 버린다

영하의 날씨에
온몸으로 자기를 불태워
바람을 모아 싹을 틔워
연둣빛 봄옷을 기다린다

앵두나무 / 김영숙

언덕 옆에 자리 잡은 앵두나무
뒤엉켜온 칡넝쿨을
걷어차며 밀쳐 내고

가녀린 나뭇가지에
참새떼 날아와 앉으면
초록색 음악회가 열린다

앵두들 모여 서로
뺨을 비비며 합창하고
새들은 화음을 채운다
옆에 앉은 소나무가
송화로 분칠을 해준다

곱게 화장한 앵두는
찬란한 햇빛에 누워
서로 비비며 사랑한다

공수표 / 김영숙

공 차표가 나오면
춘천 닭갈비 먹으러 가자던
그 약속
언제 지키려 하오

온양 온천에도 가고
병천 순댓국 먹으러 가자던
약속은요
언제 지키려고요

기다리다 잊혀가는
작은 소백은
메말라 가요

이슬 머금은 한 송이
 꽃
그대 곁으로
총총 걸어갈까요

바람 따라서 물 따라서
무심한 영혼은
정녕 모두 외형뿐인가요
그리워요. 그 약속

낮과 밤의 사이 / 김영숙

밤은 싹을 수수하고
잎을 피우고
새벽을 출산한다

온갖 물상은 기지개를 켜고
파묻힌 토석을 털어내어
햇볕에 따스함을 누린다

하늘사랑 햇볕 사랑 받은
상춧잎 고추 마늘
상위에 놓여
잔치를 벌인다

포근히 안긴 빨강 파란 향기가
세 끝을 간질이고
밤 무늬가 서려 있는
세상은 온통 멋을 부린다

도은 꽃을 보며 / 김영숙

길섶에 앉은 꽃
하시부터 있었을까
사시에서 피었을까

너의 고운 자태
깜찍하고 이쁘지만
더 사랑스러운 것도 있지
참 소중한 꽃

너의 꽃 향은 날아가지만
이 꽃은 나날이 곱디고와
더더욱 달콤한 향기에 취하지
안아 보고 비비면
사랑한다 윙크도 해

멈출 수 없어
온종일 보고 또 본다
넋을 빼앗겼다
그래도 보고 싶다

하나뿐인 꽃
세상 향기 빛깔 다 모아도
영원히 변치 않을 사랑
내가 사랑하는 꽃
도은이 꽃

산마루 머리꼭지 집 / 김영숙

산바람 소리가 잠을 깨운다
고라니가 쌍으로 뛰어 도망치고
까치들이 지붕에 올라
저들 세상인 양 신나게 뛰논다

맑고 청량한 하늘 뜨거운 햇살은
오늘도 이글거리고 갈나무
전나무는 싱그럽게 솟아오른다

뒷산에는 두릅나무가 새로이 올라오고
자르면 또 올라오고 이젠 끝이겠지 하면
또 나온다

하나님이 주시는 생명의 양식은
끝없이 나온다 괴으르지 않는다면
굶어 죽을 일은 없다

진달래꽃 아카시아꽃 찔레꽃 따서
화전을 만들어 먹는 분주한 날 뽕나무 열매
오디가 술에 보랏빛 물감 색칠을 한다

키르기스스탄 국립드라마 극장에서 / 김영숙

무대에 막이 오르고 한강 지도가 펼쳐지며
스포트라이트가 쏟아지고
아나운서가 시작을 알린다
배우들이 하나씩 등장해
화려한 연기를 펼친다

달려온 시간이 주마등처럼 스치고
감독의 불호령 한 방에 조이던 가슴
우리 시간이다 호기심과 기대로
맹렬히 연습했던 모든 기량을 아낌없이 쏟아붓는다

비취 분홍 드레스 무대 위에서 찬란히 빛나고
고운 한복 입은 배우 쫄깃한 감성 자극한다
귀염 가득한 배우들 열정 어린 눈빛
관중들 박수 소리 국립극장은 점점 뜨거워진다

여기 두었는데 빨간 애물단지
"모스크"라 하고
거기까지 어쩌다간 걸까?

열기는 가득 찼다
흥겨운 사물놀이 풍요로운 무대 열고
커튼콜에 손을 흔들며 한 바퀴 돈다
커튼 뒤에서 뿅 하고 나타난
빨간 애물단지 좋은 기분 막이 내렸다

바다 위에 정원 / 김영숙

광범위하게 펼쳐진 바다
그 너머 물 가득 모은 수평선
옥빛 꽃을 피우는 바다의 뿌리
빛 바람도 곱다

저마다 사랑을 노래하며
달빛은 시. 파도는 춤
은빛 살이 드러나고
곡예 하는 파도에
기억들 출렁거린다

두둑한 달그림자 밟으며
어우렁더우렁
속삭이는 추억들을
바다 위에 심고

옥색 치마를 펼쳐놓고
모래로 그린 세모 네모
하루도 못 보면 견딜 수 없는
바다 위에 가득한 사랑 정원

요셉 김욱이 시인

일상의 스치는 순간을 예술로 빚어내어, 삶의
감사와 깨달음을 노래하는 시인.

요셉 김욱이 시인

월간문학 시가흐르는서울 신인상 시부문
시가흐르는서울 동인
시가흐르는서울 월간문학상 선정위원
영어예배 지도자 수료
독학사 국문학 합격

소회

　부족한 제가 작년에 등단하여 오는 9월 29일 1년 과정을 마치고 졸업을 맞이하니 감회가 새롭습니다. 여러모로 부족한 저를 그동안 따뜻하게 이끌어주신 김기진 대표님과 김영숙 반장님, 그리고 함께한 여러 시우님들께 진심으로 감사를 드립니다.

　게다가 졸업기념 시집에 글을 싣게 되고 특별히 문학상까지 주신다고 하니, 너무나 영광스럽고 감사합니다. 오늘의 격려에 자만하지 않고, 늘 겸손한 마음으로 더욱 정진하겠습니다.

아름다운 당신에게 / 김욱이

오늘 아침 우연히
15층 옥상에서
당신이 관장님과
출근하는 모습을
보았습니다

마치 미술관에 있는
그림이 걸어가는 것 같았습니다
무슨 대화인지
멀리서 들리지는 않았지만 느낄 수는 있었습니다

그 모습
그 아름다움을
머리에 하얀 꽃이 필 때까지 간직하시길

기도 / 김욱이

19살 때
처음으로 나는
새벽기도를
드렸다

그 후
10년 동안을

10년 동안의
기도를 통해
깨달았다

참다운 기도는
신에 대한 간구라기보다는
감사하는 마음으로
실천하는 자세라는 것을

사랑은 / 김욱이

당신의 아름다움은
오스트리아 합스부르크 왕관에 있는
사파이어 보석보다
더 아름다우며

그 의지는
러시아 에카테리나 여왕보다
더 강하며

그 세련미는
이탈리아 밀라노에 있는 모델보다
더합니다

아무쪼록
그 아름다움과
의지와
세련미를
영원히 간직하시길...

질투 / 김욱이

국어사전에는
'자기보다 우월한 사람을
시기하고 미워하여
깍아내림'이라고 되어있고

영한사전에는
'jealousy'라고 되어있다

그러면
나의 마음속에는
어떻게 표기되어 있을까

66살과 75살 / 김욱이

작년에 우연히
전철 안에서 75살 할머니 옆에 앉게 되었습니다

공인중개사 시험을 공부합니까라고 여쭤봤더니
대학교 3학년에 다니고 있다고 말씀하셨을 때
저는 순간 놀라고
존경심을 갖게 되었습니다

저는 올해 3~4월에 대학원에 입학 예정이고
그 할머니는 금년에 4학년 졸업하면 로스쿨에 시험을
본다는 분

우리 둘 다
합격의 그날까지
서로 파이팅

강남 스타일 / 김욱이

10여 년 전
한티역에서 있었던 일이다

한밤중에 나는 무작정
역삼역에서 내려 한티역으로 갔다
그때 눈에 들어온
조그마한 플래카드가 보였다

"기본이 바로 선 당신이 바로
강남 스타일입니다"

세월이 많이 흐른
지금에도
나의 마음속에 깊이
남아있는 이유는
무엇일까

강남 스타일

독일 할머니 / 김욱이

11년 전 한남동
독일어 미사에서 만난
독일 할머니와 있었던
일입니다

독일어로 계속
말씀하셔서 무슨 말인지 "할머니 죄송하지만 영어로
해주시겠어요 " 라고 했더니 서툰 영어로 해주신 그 분

그 분의
영어 실력은 저와 별반
다르지 않았습니다

짧은 동안의 만남이었지만 한국에서의 생활이 늘
건강하시고 행복했으면 좋겠습니다

행복한 사람 / 김욱이

나는 행복한 사람입니다
왜냐하면 약 이백 명의 좋은 사람이 있기 때문입니다

그중에서 남자는 20명 여자는 32명의 가장 좋은 분들이
힘들고 어려울 때 정신적 경제적으로 큰 힘을 주시기
때문입니다

나는 연예인 같은 사람입니다
연예인이 팬들의 사랑을먹고 살듯이
본인도 팬들의 사랑을 먹고 살기 때문입니다

나는 행복한 사람입니다
제 주위에는 좋은 사람들이 항상 기도 사랑 후원해
주기 때문입니다

술 / 김욱이

그를 생각하면
제일 먼저 돌아가신 아버지가 떠오른다
아버지는 그를 너무나 좋아하셔서
즐거울 때나 괴로울 때나 위안을 삼으셨다
내 나이 24살에 계란 담배 장사를 시작해서 29살에
돌아가실 때까지 그를 너무 좋아하셨다

가게 문을 닫으면 아버지는 그를 만나기 위해
지영갈비 순대 골목 전주옥 등에서 2차 3차를 하셨다
어머니와 내가 만류해도
그렇게도 그를 좋아하시더니 54살에
그만 암에 걸려 55살에 하늘나라에 가셨다

돌아가실 때 회개하시고
부족한 나에게도 사과하고 떠나셨다
그러나 세월이 많이 흐른 지금에야
아버지의 사랑을 깨닫게 된다

오늘따라 문득 어느 가수의 노래
'막걸리 한잔' 이 생각난다

벌아 / 김욱이

19살 때
배봉산에 올라가 보았다
마침 눈앞에 작은 내가
눈에 띄었다

나도 모르게 너는
왜 그렇게 슬퍼 보이니
그럴 수밖에 고등학교를 자퇴하고
무엇을 어떻게 고민하는 중에 그것이
눈에 보였기 때문이다

세월이 많이 흐른 지금에야
나는 그가 새삼 생각이 난다
물론 지금은 벌써 흙이 되었겠지만

그는 나의 자화상이요
마음이요
흔적임을 깨닫는다

오늘도 마음은
배봉산 그곳에 가 있다
벌아

시인의 피카소를 꿈꾸며 / 김욱이

시를 쓴다는 것은
참으로 어렵다

독학사 국문학을 공부할 때
시론에서 두 번이나 떨어져
소설론으로 대체했으니 말이다

시는 상징적 비유적으로
표현해야 한다고 하니
여간 쉽지 않은 일이다

그러나 시도
창의성이 있어야 하고
독자에게 감동을 줘야 하고
연민의 정이 있어야 한다고 생각한다

어느 시인을 보면
양호 교사가 생각나고

또 어떤 시인을 보면
초등학교 4학년 때 옆방에 살던 희정이가 떠오른다

그녀의 아버지는 좋지 않은 일로 가정이 풍비박산이
났는데 지금은 어떻게 됐을까
아무쪼록 늘 행복하시길

하늘에 계신 아버지께 / 김욱이

아버지는 생전에 이 아들이
명문대학에 들어가기를 그렇게 바라셨죠

어쩌면 그 바람이 이루어질지도 모르겠군요
사랑합니다 아버지

뭇이 중헌디 / 김욱이

돈이 중헌디
학벌이 중헌디
건강이 중헌디

아니제
마음이 중허제

성경에도
"무릇 지킬만한 것보다 더욱
네 마음을 지키라"라고 했제

암 그라제
기사회생이라는 말도 있제

소설에는 구성이 중허제
시에는 공감이 중허제
수필에는 여운이 중허제

그럼 우리네 인생사는 무엇이 중헐까
그건 각자도생이제

시험이란 / 김욱이

대학원 시험을 볼 때
필답고사에서 한문 번역이 나와서 아깝게 결점

면접시험을 볼 때
연구계획서 작성 양식에서 세련되지 못한 이유로
아쉽게 낙방

비가 내리는 토요일 5월 10일 그 시간은 지금도 생각해
보면 한 폭의 비 오는 날의 수채화였습니다

아르메니아에서 온 여인 / 김욱이

이름은 마리네
아르메니아에서 온 선교사이다

중곡동 어느 성당에서
러시아어 공부를 하다
마음 맞아 사랑하는 사이가 되었다

2008년 12월 24일
첫 데이트늘 했다
가슴이 마냥 두근거리는 순간이었다

귀국한다니 밉기보다 서운하다
그녀에게 넉넉하지 못한
내가 밉다

나의 마지막 애인에게
오늘 전화를 걸었다
'오친 바스 류블루'
당신을 매우 사랑합니다

아일랜드에서 오신 목사님 / 김욱이

그분의 존함 고석재님
아일랜드에서 오신 목사님이다

15년 전 이태원에서
영어예배를 가르쳐 주신 고마운 분

우리가 잘못하면
80%는 본인에게
10%는 부모에게
10%는 사회에 있다고 깨우쳐 주신 분

지금은 울산에서 목회하시며
생각날 때마다 힘과 용기와
지혜 주시는 목사님!
감사합니다 사랑합니다

박선자 시인

자연의 순리 속에서 삶의 평안과 위로를
발견하고, 소박한 행복을 길어 올리는 따뜻한
마음의 시인.

박선자 시인

시가흐르는서울 신인상 시부문
시가흐르는서울 동인
시가흐르는서울 월간문학상 선정위원
교회 글짓기 대회 장원

소회

　한 사람의 시인을 길러내기 위해 열정을 다해 시의 강의를 이끌어주신 김기진 선생님께 먼저 깊은 감사를 드립니다. 어느덧 1년의 시간이 흘렀습니다. 문우님들과 함께한 시간들을 뒤돌아보니, 오늘 마지막으로 소회의 글을 남기는 순간이 더욱 아쉽게 다가옵니다. 우리는 모두 늦깎이의 걸음을 내디뎌 마침내 시인이란 이름을 부여받았습니다.

　저마다의 잔잔한 마음을 시어로 풀어낸 정감 어린 작품들, 그 모든 빛나는 시편들이 참으로 훌륭했습니다. 매주 월요일, 한 자리에 모여 시를 배우던 시간은 저에게 큰 기쁨이었고, 우리를 이어준 인연의 끈이 되었습니다. 이 인연이 앞으로도 무지개처럼 고운 빛깔로 이어지기를 소망합니다.

기도 / 박선자

한 알의 밀알로 시작한 교회
힘찬 독수리 날갯짓으로 창공을 오르리라
뿌리내려 늘 푸른 숲을 만들어 가는 교회
싹을 틔워 대지 위에 우뚝 솟을 움트림하는 교회
맑고 깨끗한 샘이 되어
목마른 자에게 생명수 되리라
주님 모습 눈앞에 보이지 않아도
내 영혼 깊은 곳에 동행자이신 주님
주일이면 주님 성전 찾아가는 곳
그곳은 나의 회개와 고백의 장소
한 주간 나를 뒤돌아보는 사랑과 평안이 있는 곳
세상 속 삶의 주머니에 비움과 채움도
알게 하는 성경 말씀을 담아 가리다
아름다운 선율의 찬양 소리
마음속 시름을 씻어준다
자유로움의 시간이여 기쁨의 시간이여
오늘 이 시간 나는 행복하였다

하루 / 박선자

짧은 하루가 차곡차곡 쌓여
세월을 만들고
작은 기쁨이 쌓여 행복을 만든다
하루를 누군가는 짧다고 하고
누군가는 길게 느끼는 것은
아픔과 고통이 머물고 있는 시간
그 모든 것도 하루 속에 지나가리라
오늘의 시간을 다시 만날 수 없는 하루는
세월 속으로 떠나가 가버린다
지나간 시간은 그리움과 후회
현재의 오늘은 소중하게 행복하게
내일은 소망과 희망으로
이렇게 삶은 이어가고 맞이한다

겨울 / 박선자

겨울 찬바람 꽁꽁 얼어붙은 시냇물
단단한 얼음 밑으로 졸졸 흐르는
맑디맑은 자연의 소리에
마음이 고요해진다

세상의 물길은 아우성
자연의 순리는 고요한데
세상의 삶은 소용돌이 속으로 함몰돼 간다

욕망의 그 길은 어디가 끝일까
차고 넘치면 무너진다는 진리를
먼저 생각해보자

텅 빈 들판 / 박선자

지난해 가을 추수
농부의 곡간을 가득 채워주고
이 겨울 저 들판은 쉼을 맞이한다

새봄이 오면 저 휑한 들판도
농부의 손길을 기다리며 바빠지는 봄

여름철에는 푸르른 잔디 들판 정원 만들고
가을에 황금물결 일렁이는 벼는
겸손하게 고개를 숙인다

올해도 저 들판은 농부 곳간 가득 채워주고
다시 겨울 쉼터로 돌아갈 것이다

존재 / 박선자

꽃이 아무리 아름다워도
시들면 그 존재는 사라진다

인간의 내면에 핀 아름다운 마음 꽃은
영원히 지지 않은 마음 꽃

향기 나는 꽃에 벌나비 찾아오듯
인품이 향기 나는 사람에게 마음 찾아간다
봄바람에 실려 오는 꽃향기

달콤한 아카시아 꽃내음 라일락 향기
이 향기 마음에 가득가득 채워
향기 나는 사람으로 살아야지

지난날 / 박선자

젊은 날의 삶은 뱃사공 같았고
자식들 뒷바라지
결혼까지 다 마무리
무거운 의무를 벗어버린다

가을에 다 떨구어 버린 단풍잎처럼
쓸쓸하지만 그 자리에
행복이란 친구가 찾아와

노년의 삶은 잔잔한 호수의 백조처럼
여유로운 마음으로 살아가자

봄날 / 박선자

잔풀나기와
새뜻한 꽃들의
왁짜지껄 이야기소리
귀속으로 들어와 간질거린다
봄 향기는 코 안을 실룩거린다
따스한 춘풍에 여인들
하늘거리는 옷자락
발걸음도 가볍다
봄눈 녹아 냇물이 불어나고
여인내들 빨래터에 모여
수다를 뜬다

새싹 / 박선자

봄이 되면 꽃비가 내려
대지는 연분홍 이불을 걷어낸다
겨울 내 잠자던 씨앗은
노란 속잎 얼굴로
땅을 뚫고 돋아난다
아기 두 볼살 같이 보드랍다
논두렁 밭고랑
돋아난 냉이 달래
봄나물 캐어
구수한 냉이 된장국 나물 무쳐
봄향기 밥상을 차린다
쑥 개떡도 만들어
나누어 먹던 가난한 시절
이웃사랑 그립다

행복한 하루 / 박선자

지난밤 잠자는 동안은
잠깐 내 영혼은 외출을 나갔다
아침 되어 부활한 생명에
감사하며 기지개 켜본다
초로가 된 나
누구의 도움 받지 않아도 아직은
내 손으로 식사를 준비할 수 있어
얼마나 감사한지 행복한 초로
내 맘속 행복과 손잡고
가까운 황화산 둘레길 산책 나가
쉬엄쉬엄 올라가며 예쁜 색깔 진달래꽃에
입맞춤하니 개나리도 옆에서 손짓하네
내 시아에 들어오는 이 풍경들은
자연이 준 공짜 나의 소유다
스쳐 가는 솔바람이 귀띔해준다
지금 이 시간을 누리는 당신은 행복한 사람이라고
그래 맞아 나는 초로지만 행복해
소유욕 때문에 힘들게 살지 않으리라
어차피 떠날 때는 빈손으로 떠날 인생이 아닌가

민들레 / 박선자

지난 추절
민들레는 하얀 솜털을
바람에 날려 보냈다
다음 해에 다시 찾아오라고
민들레는 올봄에
잔풀나기와 더불어
삼나한 식솔 거느리고
등덕베기 길섶 응달에도
노란 하얀 꽃 무리 지어
봄 찬가 한창이네
삼사월 꽃동네 이룬 대지
상춘객 봄나들이 마실가네

그 옛날 / 박선자

희미해져 가는
기억 속을 꺼내어 보니
가난했던 지난날들
인정 많았던 그 시절
쌀 한 바가지
연한 몇 장도 서로 꾸어주고
그렇게 살았지
미래의 희망은 세월의
거미줄에 걸려
기다리는 삶이 되었다
불평도 묶어 놓은 채
순박하게 살았던 삶
가끔 불평이 마음을 흔들 때
지난날의 삶이 마음을 조용히 삭혀준다

소중한 하루 / 박선자

하루를 즐겁게 보내고 싶다
번민이 찾아오지 않도록
행복이랑 손잡고
소확행이 오늘의 친구다
산책길 오가는 사람과
눈인사하고
햇빛에 일렁이는 나뭇잎
나를 반겨주니
콧노래 절로 나온다
오늘의 시간이 추억으로
소중한 하루다

사랑과 감사 / 박선자

사랑과 감사라는 말을
많이 하는 사람
행복한 사람

천 량 들지 않는 말을
왜 죽도록 아끼고 살아갈까

일상의 소소한 모두가
사랑이요 감사인데

마음속 주머니에 꽁꽁 담아
갖고만 다니지 말고
꺼내어 많이 사용해
웃음 뜰을 만들어가자

행복 / 박선자

행복은 노력의 대가로
얻는 것이 아니다

지금의 소소한 일상에서
놓치지 않는 것이다

소확행의 삶이 내 마음
가까이 기다리고 있었네

동산 / 박선자

젊은 날 두 다리는 건강하였다
짭조름한 땀방울 훔치며
올라간 관악산 등산

하루의 즐거움이 그곳에 머물고
가져간 도시락
바람 공기와 같이 먹으니 꿀맛이었다

연녹색 잎새는 동백기름
바른 듯 반질반질하다

상큼한 솔 향기 몸속으로
스며들었고

맑은 공기는 마음속까지
깨끗이 씻어주었다

큰소리 내어 불려본 이름
산울림 되어
메아리로 돌아왔다

섬마을 / 박선자

어릴 적 살던 내 고향은 섬마을
철썩이는 파도 소리
바다가 가까운 섬마을

여름 열무김치 담글 때
바닷물로 절이고 씻어

바위 움푹 파인 곳에 몽돌로
마늘 홍고추 청고추 찧어 넣고
파도 소리 함께 담근 열무김치
참 맛난 김치였다

조약돌에 부딪혀 밀려가는
파도 소리는 싸르럭 싸르럭
지금도 귓가에 들려온다

단이 배수만 시인

개인의 삶과 가족사를 민족의 서사로 승화시켜,
묵직한 역사의 증언을 담아내는 시인.

단이(斷伊, Dany)

시가흐르는서울 신인상 시부문
시가흐르는서울 동인
시가흐르는서울 월간문학상 선정위원
월남전 청룡부대 참전, 을지무공훈장 수여
박복규 (성신여대 미술대학장 역임)로 부터 師事
서양화 반려동물 그림 전시회 3회
검찰 부이사관 역임,
녹조근정훈장 수여
U S G T F (글로벌 골프연맹) 티칭 자격증 취득
건양 사이버 대학교 반려동물학과 재학

소회

  "오늘도 좀 더 아름다운 시를 쓰자."
  스스로에게 이렇게 다짐하며 하루를 시작한다. 지난 밤낮으로 부단히, 꿈을 토해내듯 시 작업을 지속해 왔다. 좋은 시를 구상하며 펜을 잡는 이 호사스러운 행복을 또 어디에서 찾을 수 있을까.

  어느덧 나의 영혼은 초록빛 상념으로 물들어 아름다워지고 있는 것을 깨닫는다. 이번 창작 문학반을 수료하고 졸업 작품집을 만든 후, 또다시 개설되는 '연구반'에 대한 기대로 커다란 환희가 솟구친다. 그 호기로운 함성이 나의 곁에 고요히 내려와 앉는다.

이별 / 배수만

이제는 서로를 아름답게 잊어야 합니다
서로에게 아름다운 환상으로 잊혀야 합니다
이제 이만큼에서 자신을 원망하며
고독한 모습을 스스로 감추어야 합니다
서로 다른 두 사람이 하나의 색깔을 칠하기엔
많은 시간과 아쉬움이 밀려있고
서로의 갈 길이 아득합니다
가끔은 환상을 떨치기가 쉽지 않겠지요
그러나 이제는 아름답게 잊어야 합니다
사랑하였음으로 서로의 행복을 지켜주어야
하는 것이니까요

귀신 그림을 잘 그리는 사람 / 배수만

한국의 귀신은 여자 모습으로 그리고,
중국의 귀신은 남자 모습으로 그리고
일본의 귀신은 여자와 남자 혼성이다

세 나라 귀신의 공통언어는
귀신 씻나락 까먹는 소리라고
말하는 것이다

세상에서 제일 귀신을 잘 그린다는 사람의 말
없는 물체의 그림을
그리는 것처럼 세상에 쉬운 일이
어디 있느냐

세상에서 가장 행복한 사나이 / 배수만

이 세상에서 가장 행복하기로 소문난 사나이가 있는데
그 사람이 바로 나다 반려동물을 많이 그리는
서양화가이면서 시인으로 등단하여 시를 쓰는 예술가로
활동하고 있으니 명예욕도 충분하고

반려 동물학을 전공하고 대학에서 학문에 정진하고
있으니 배움의 열정도 아직 가시지 않았다

편히 잠잘 수 있는 아파트도 있고 지인이 마음껏
그림을 그릴 수 있는 미술 작업실까지 제공해주니
부러운 사람이 없다

월남 전쟁에 참전하여 짜빈동 전투에서 무공을 세워서
무공훈장까지 받아 국가유공자가 되어 죽으면 영예롭게
국립묘지에 묻힐 것이니 근심거리가 없다

췌장암 수술을 하였어도 명의를 만나 잘 치료받아
아무런 후유증 없이 건강하게 살고 있고

매일 계족산에 올라 황톳길에서 돈 안 드는 맨발 걷기
운동을 하여 신선한 공기를 마시면서 체력 보강을 하고
있으니 만족스럽기 그지없다

가끔 멸치에 소주 몇 잔을 하면 온 세상이 내 것 같이
기분이 좋아지는데 무슨 불평이 있겠는가
오로지 하느님을 굳게 믿어서 그분의 말씀대로 살고자
힘쓰고 있으니 무슨 불행이 있을 수 있단 말인가

해바라기 / 배수만

해를 향해 돈다
그를 향한 무한대 사랑

사랑을 위해 돈다
하루 종일 목 아픈 줄 모르고

꽃 중 왕은 모란 해바라기는 충신
자태는 모란 성정은 해바라기가 으뜸인걸

생명의 근원 아폴로의 호탕한 눈동자같이
황색 꽃잎 겹겹이 포장한 맵시

아폴로를 사랑하다가 실연한 크리스타가 죽어서
해바라기 되어 하루 종일 돈다는 안타까운
그리스 신화마저 지니고 사는 이 꽃

밤에는 푸른 달빛 등에 지고 피곤한 고개를
잠시 뉘인채 크리스타를 사모하며
시린 연가를부르다가 잠든다

별난 사나이 / 배수만

강귀원이란 사나이가 있다
이름부터 한 편의 시
강물처럼 흐르고
햇살처럼 번져 간다

손목과 발목은 단단하고
우람한 어깨 위로
시인도 선생도 장관도 의사도
함께 걸어간다

순교의 땅 강진에서
고추보다 더 붉은 땀을 뿌리고
120년을 거뜬히 살 거라며
바람을 끌어안고, 땅을 꾹꾹 밟으며
사나이답게 배짱을 부린다

다섯째 아이를 품은 밤
술잔을 높이 들며 외쳤다
"이번엔 틀림없이 아들일세"
그러나 인생은 뜻대로 흐르지 않아
막내딸 하나를 더 안겨 주었고,
그 딸은 아들처럼
그의 어깨를 함께 받쳐준다

아이는 붓을 들고

현을 켜며
예술의 빛으로 세상을 물들이고
교단에서도 빛이 되어 퍼져 간다

놓친 사법시험,
그러나 전화번호 150개쯤은
머릿속에 척척 꽂아 두고,
때로는 소주잔 속에서,
때로는 아이들의 웃음 속에서
강물처럼 태양처럼 흘러간다

별난 사나이
그는 오늘도 삶을 노래한다

별난 여자 2 / 배수만

그녀는 전단을 붙였다

사소한 언쟁이 불씨가 되어
남자는 내리며 소리쳤다

"돼지코를 닮은 여자"

그 말은 공기 속에서 지워졌지만
그녀의 귓가에 박혀버렸다

모욕은 늘 바람보다 끈질기고
기억보다 깊게 새겨지는 법

다음 날 그녀는 정류장에
전단을 붙였다
날짜와 시간 버스 번호
남자가 내뱉은 말까지

누군가는 걸음을 멈추었다
모욕은 바람이 아니었고
침묵은 답이 아니었다

입을 막는 대신
세상을 불러 세웠다

별난 여자 1 / 배수만

별난 여자가 있었다
기차표 두 장을 사고도 혼자 탄다

옆자리에 바람을 태우고
명상을 즐기며 고요를 지키고 싶었다

숨을 막는 입을 지우고
바람과 나란히 앉기를 원했다

손을 내밀지 않는 권사였다
남성들의 손끝이
어디를 다녀왔는지 몰라
결함이 닿을까 두려웠다

기도를 손바닥에 새기고
깨끗한 마음으로 세상을 건넜다
별난 여자가 있었다

위대한 한 가족의 서사 / 배수만

나의 혈관은 아직도 뜨겁다
나라를 향한 피의 노래가 끓는다
저마다의 이름으로 타오른 이야기들
조국의 그림자 아래
우리는 하나의 서사였다

아버지 배영찬
1902년 곡성 땅에서 태어나
의용소방대장의 이름으로
밤의 어둠을 걷어내며
총성과 체포가 스미던 골목마다
앞장서 걸었다
지리산 골짜기마다
공포의 그림자가 퍼질 때
국군과 함께 공비토벌의 선봉에 서서
숨죽인 마을을 지켰다

아버지는 늘 뒤편에 계셨다
주민의 안위를 안고 아무 훈장 없이
하늘로 스며가신
아 고결한 우리 아버지

어머니 김잉덕
열일곱의 심장에
뜨거운 피를 품고

오래비의 동지들에게
수십 통의 비밀서신을 안고
양림동에서 교도소까지
먼 길을 무수히 걸었다
이름 없이 그림자 되어
항일의 불꽃을 나르던 그날들
이제야 드러난 조용한 조력자의 빛
광주학생항일의 물결 뒤편
유관순을 닮은 그 이름 울 어머니
바람처럼 조용하고 물처럼 단단하셨다

삼촌 김기권
광주고보 사학년의 젊은 불꽃
"성진회"를 세워 동맹휴학을 주도하고
6개월의 옥고를 치른 뒤에도
다시 "독서회"의 깃발을 들고
광주학생사건의 불길 한가운데로
2년 6개월 또다시 감옥으로 향하셨다

해방 후 건국훈장 애국장으로
광주 독립운동 동지회의 회장으로
지금은 대전 국립묘지 애국지사의 자리에 누우시어
후손들의 꿈을 바라보신다
아 숭고한 울 삼촌
조국의 불꽃으로 살아계신다

시를 쓰는 기쁨 / 배수만

나는 그림을 그리고 시를 쓴다
단어를 붓 삼아
허공에 빛을 얹고
뜨거운 격려를 채워 넣는다

무에서 유를 빚는 황홀
비유의 물결을 타고
반어의 골짜기를 지나
환유의 숲을 거닐며
언어 속 숨은 진실을 더듬는다

단어와 단어가 맞닿아
소망의 싹을 틔운다
이윽고 단어는 스스로를 깨닫고
존재가 된다

죽음의 어둠을 뚫고
한 줄의 언어가 솟아날 때
그것은 생의 손짓

시간과 허무를 넘어선 흔적
값을 매길 수 없는 이 시간
나는 다시 시를 쓴다

짝사랑 / 배수만

세상에서 제일 이름디운
피스텔회를 그리다가
까만 꿈속에서 가슴을 붉힌다

어둠을 흐리는 새벽녁
동력의 빛이
어듭과 이별하면

또다시 스틱을 잡고
가장 아름디운 파스텔화를 그리다가
면동과 일어서서
파렇게 시린 연가를 부른다

반딧불 / 배수만

밤하늘이 차지면
초승달은 외롭게 떠돈다

뭉치고 흩어지며 어둠에
펼쳐지는 찬란한 안무

꼬리에 점멸등이 푸르러
차가운 여름을 식히고

떨어지는 별을 보며
하늘을 마시네

심연의 무대 속의
처연한 춤사위가 황홀하다

젓가락 / 배수만

어머니가 아이에게
젓가락질 교육을 한다

중국 젓가락은 길이가 길어서
음식을 집기 어려워 시간이 오래 걸리고,

일본 젓가락은 끝이 뭉툭하여
음식을 집기 어려워 긁어서 입에 넣어야 하고

한국 젓가락은 길이도 적당하고
끝이 뾰족하여 음식 집기에 수월해서
세상에서 제일 좋은 젓가락이란다

세계에서 한국 사람 머리가
좋은 이유 중의 하나이란다

아가야
젓가락질 바르게 배우면
머리 좋은 사람 되니
꼭 그렇게 하렴

위대한 이름 김잉덕 /배 수만

강진 들녘에 피어난 꽃잎
광주의 숨 결 머금고 자주의 꽃물 들였네
서당 마루 클 밥으로 혼을 셋고
가슴 깊은 곳에서 조국을 불렀다

스무 살 꽃다운 가슴 깊이
조국의 비원 한 장 품어 안고
숨결마다 뜨거운 불꽃 건네네

옥고에 짓이겨진 동생의 날들
양림에서 동명까지
밥상을 이고 걷던 그 길
사랑이었고 불굴의 저항이었다

나주역 열차 안, 짓밟힌 수모
조선의 딸들 피 울음 토할 때
가슴 속 분노는, 의기는
조선 여학생 조선 여성 운동가들의
시위 촉구로 끓어올라
핏빛보다 더 붉게 용축되었네

곡성 마당 흙 내음 감도는 곳
천막 아래 수십의 의용소방대 영혼을
먹이며 '숟가락마다 조국을 퍼 올려
지리산의 어둠을 끓여 삼키고

공비 토벌의 전선 뒤편 소리 없는 전투
삶 자체가 숭고한 저항의 노래였네

그대는 고요한 바람처럼 스며들고
단단한 물처럼 흔들림 없이 흘러
존재 자체로 위대한 울림을 주었네

당신의 삶은 숨겨진 조국의 서사
그 뜨거운 피는 아직도 맥동하고
숨죽인 아리랑 되어 하늘로 사무치네

위대한 이름 김잉덕
한 사람의 이름이 민족의 역사 속에
영원히 지지 않는 꽃으로 피어나
존재 하나로 조국의 정신이 되었네

당신의 생은 숨겨진 나라의 서사
그 뜨거운 피는 지금도 맥박치는 노래

이용희 시인

무너진 삶의 자리에서 고통을 깊은 사유로
빚어내어, 다시 일어서는 존재의 미학을
노래하는 시인.

초연 이용희 시인

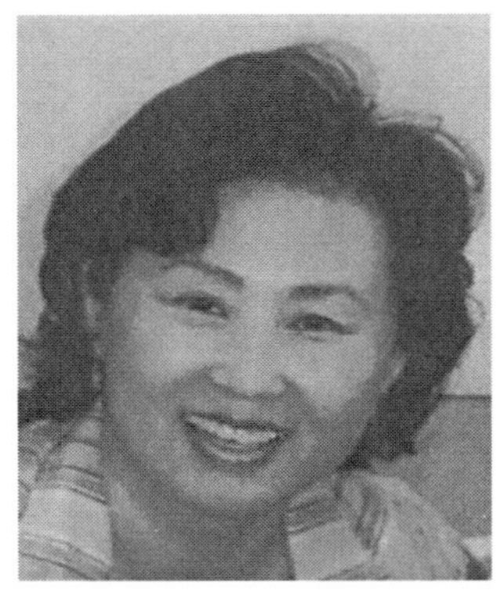

詩歌흐르는서울 신인상 시부분
詩歌흐르는서울 동인
詩歌흐르는서울 월간문학상 선정위원,
월간 문예사조 신인상 시부문,
한국시 신인상 시부문
한국시인협회 회원
국제PEN하국본부 회원
동방문화대학원 대학교 명리학 최고지도자 강사
노산 문학상 수상
저서 『대지를 품다』

소회

　종강을 하면서
　지난 1년 동안 저와 함께해 주셔서 진심으로 감사합니다. '시가흐르는서울'의 김기진 대표님을 비롯한 시우님들의 뜨거운 열정과 노력 덕분에 저 또한 많은 것을 배울 수 있었던 소중한 시간이었습니다.

　오늘 이 배움이 우리 모두의 미래에 작은 디딤돌이 되기를 바라며, 언제나 마음 다해 응원하겠습니다.
　그동안 애써주신 김기진 대표님께 다시 한번 감사드립니다.
　사랑합니다.

낙엽 / 초연 이용희

선홍빛 혈흔 쏟아낸
무한의 허기
뜰 안에 엎드린 채
이승과 저승 넘나드는 가냘픔이여

한때
푸른 청춘 불사르던
삶의 조각들 끌어안고
가을 끝자락을 못내 아쉬워하네

마음의 파문 / 초연 이용희

책 그림 음악사랑
풍경이 있는 곳으로
가는 중

절벽 올려다보는 듯
아득한 생각

암울한 시기 / 초연 이용희

전기가 나간 방의 암흑처럼
대한민국은 지금 비상사태

구멍 난 그물처럼 숭숭 뚫린
국정의 요직들
흐릿한 장래 불안이 스며든다

고양이와 개의 끝없는 대립처럼
비폭력 투쟁이 일상이 된 현실

생명을 거부한 교사의 손끝과
인간성을 잃은 자의 발걸음이
골목을 누빈다

인스턴트 식품처럼
손쉽게 허기진 마음을 채워왔던
대한민국은
이제 골다공증에
시달리며 휘청인다

지쳐버린 국민의 한숨 속에서
적들은 호시탐탐 틈을 노린다

옛사랑 / 초연 이용희

지난날 꽃무늬 스친 추억 위로

호세 펠리시아노의
『Once There Was a Love』 흐르면
입영 열차 창밖으로 스치는 바람
논산으로 떠나던 S오빠의 웃음소리

꼬마였던 나를 '마꼬 여사'라 부르던
그 음성이 귓가에 맴돈다

기적 소리 자락마다 퍼지는 그리움
낡은 카세트 속 눌린 꽃잎처럼
마음 한켠에 스며들어
잊힌 기억을 조용히 되감는다

시인 / 초연 이용희

시인들 가슴엔
한울 아라 마루 꽃 가람이 흐른다

생명의 원천인
물 공기 흙을 비롯한
자연의 구성 요소들 하나하나
기막히게 그려내는
시인의 시 정신세계는 숭고하다

눈엔 별꽃
코엔 라일락 짙은 백리향이 스며들고
입가엔 벚꽃 진달래 도라지꽃 민들레 물망초
거친 잡초들까지 고운 숨결로 피어난다

사물의 표면의 조직까지
반짝이게 하는
하늘이 내린 존재들이다

불호령 / 초연 이용희

하늘이 분노하나보다
먹구름이 몰려오고
갑자기 천지는 어둠에 휩싸인다

어리석은 자의 외침은
바람 속에 흩어지고
거짓된 언어는 빗줄기 속에 씻겨 내린다

우르릉 쾅쾅
하늘이 호령하고 번쩍이는
섬광이 대지를 가른다

모든 것은 흐름대로 간다
불의는 타오르고
진실은 남으리라

향수 / 초연 이용희

나를 보고 J오빠는 늘
"꼬마야 꼬마야" 부르더니
어느 날부턴가 "마꼬 여사"로 불렀다

생일 날
스누피 인형 선물 하나를
가슴에 턱 안겨주며 말했지

"J오빠가 그리울 땐
이 인형만 바라봐
마꼬, 사랑해"

"평생
마꼬만 바라볼 끼다"
빙긋 웃던 그 미소가
이따금 내 가슴을 물들인다

아릿한 그리움
잠시 몽상 속에 피어나는
그 시절 그 마음

흰나비 / 초연 이용희

꽃봉오리 고개 들 무렵
봄바람 헤치며
뜨겁게 날개 짓 하던
그대

누구였을까

메마른 창가에 다가와
심오한 춤사위로 팽팽해진 마음
아득한 파문을 남기고
잠시 머물다
훌쩍 떠난 그대

아직도 내 눈 속엔
그 하얀 날갯짓 아른거리네

양말 한 짝 / 초연 이용희

세탁기 속엔
들어갈 때 둘이었는데
나올 땐 하나다

짝을 찾기엔
인생은 너무 바쁘고
바닥은 너무 차갑다

그래서 나는
다른 한 짝도
곧 잃게 될 걸 안다

그냥 맨발로 나선다

전자레인지 앞 30초 / 초연 이용희

30초
딱 그만큼만 기다리면 되는데
자꾸 문 먼저 열고 싶다

삐-삐-
내 인내심보다
기계가 더 인내심 있다

나는 아직
조금 덜 데워진 마음
꺼내 먹는다

인연의 사계절 중에서 / 초연 이용희

사람과 사람의 만남은
언제나 계절을 닮았다
어떤 인연은 봄처럼 다가와
말보다 눈빛이 먼저 피어나고
조심스러운 관심이 마음 한 귀퉁이를
조용히 물들이기 시작한다

그러나 조용한 것들이
가장 깊이 흔드는 법
누군가 말했다
인연은 왔다가 떠나는 것이라고
하지만 그 모든 계절을 함께 지나온
누군가는 비록 곁에 남지 않더라도
영원히 내 안에 한 부분으로 머무른다

우리는 서로의 인생에서
잠시 머물렀던 바람이었고
한 줄기 파도였다

그 흔적은 결코 사라지지 않는다

기억이라는 바다 위에서
계속 출렁이며
나를 더 깊은 사람으로
조용히 길러주고 있으니까

광야로 / 초연 이용희

구도자의 걸음은 비우는 길
가득 찬 그릇은
아무것도 담지 못하듯
나는 고독으로 나를 비웠다

머무르면 가야 했고
떠나면 또 멈추는 게
그게 인생이다

고통과 쉼이 교차하는 생의 리듬

흘러가는 물결은 막을 수 없고
세월은 소리도 없이
어느덧 지나가 있었다

나는 누구도 탓하지 않는다
그저 배낭을 메고
다시 광야로 향한다

재再의 미학 / 초연 이용희

벼락처럼 허무가 지나간 자리엔
고요가 쌓인다

대박의 꿈은 숫자의
욕망에 불과했고
상실은 오히려 나를
나로 환원시킨다

삶이란
무너진 자리 위에
또다시 중심을 세우는 일

오른손의 잉크는 흘리지 않는다
다만 내면의 그늘을 글로 눕힐 뿐

나는 이제야 비로소 알겠다
빛이 눈 부셔서가 아니라
어둠을 안고 있어서
아름다운 것임을

그래서 나는 다시 글 쓴다
조용한 무늬로 나를 그린다
시간의 뒷면에 이름을 남기며

나의 오른 손에게 2 / 초연 이용희

사랑하는 나의 오른손아

세상은 자주 나를 뒤흔들었지만
너는 단 한 번도
나를 놓지 않았지

우리가 함께 써온 글들은
때로 서툴고 때로는 눈물겨웠지만
그 안에 네가 있었던 걸
이제야 알았어

성공보다 중요한 건
너와 함께 나의 서사를 완성해가는
이 여정이라는 걸
앞으로도 함께 써내자
흔들리되 꺾이지 않는 문장으로

너의 벗 초연艸娟이

어둠 이후에 남는 것 / 초연 이용희

존재는 파괴의 연속
불 앞에 선다는 것은
의도적으로 무너지는 선택

나는 그 불 앞에서
단단해지기를 거부했고
부서지기를 택했다

스스로 깨어진다는 것
인간이라는 증표다

거울이란
타인을 비추되 스스로 품지 못하는 존재

광야에 던져졌을 때
마침내 의미를 회복한다

더 이상 누군가를 비추지 않아도
비로소
나 자신을 마주한다

불에 타는 나 / 초연 이용희

마음 스스로 태울 때
비로소
실전이 드러난다

불꽃 속 침묵
그 속에서
마음은 실존을 갈망하고

불에 탄다는 것은 소멸이 아니라
자기 존재에 대한 증명이기도 하다

주창백 시인

연륜의 지혜와 따스한 유머로 삶의 편린들을
보듬으며, 어머니의 사랑이라는 성소를
절절하게 그려내는 시인.

주창백 시인

詩歌흐르는서울 신인상 시부분
詩歌흐르는서울 동인
詩歌흐르는서울 월간문학상 선정위원
국립보건원(현 식약처)
신화 상사

소회

　지난해 10월, 신문 광고를 계기로 처음 뵌 백당 김기진 스승님. 세월은 흘러 어느새 오늘에 이르렀습니다. 중국 속담에 '늙을 때까지 살아도, 늙을 때까지 배운다(活到老 學到老)'는 말이 있듯이, 스승님을 통해 시라는 아름다운 세계를 접하고 삶의 또 다른 한마당을 배우고 있습니다.

　스승님은 시를 가르치는 본분을 넘어 삶의 기억을 불러내는 길잡이였습니다. "누구나 시를 쓰고 시인이 될 수 있다"는 소중한 믿음을 일깨워주셨고, 첫 수업의 시 바다도요 할매 이야기도 깊이 남아 있습니다. "생각이 곧 말이 되고, 글이 되며, 시가 되고, 노래가 된다"는 말씀은 인문학의 세계를 접할 겨를이 없었던 제게 큰 울림이었습니다.

　술을 즐기는 평범한 애주가이지만, 매주 월요일 강의실을 찾는 길은 특별한 기쁨이었습니다. 강의를 통해 순수함을 느끼고, 가르치고 배우며 함께 성장한다(敎學相長)는 진리를 확인했습니다. 또한 '시서울'의 터전이 하루아침에 형성된 것이 아니라, 스승께서 오랜 시간 국제 무대와 행사를 통해 사회에 기여하며 쌓아온 보람임을 알게 되었습니다. 시간이 흐를수록 그 장은 더욱 넓고 깊게 다가옵니다. 앞으로 시서울의 무궁한 발전을 기원하며, 거듭 감사의 마음을 전합니다.

고맙습니다.　주창백 드림

묘계질서妙契疾書 / 주창백

늘
답은 현장에 있다고 찾으란다
인문학은 없고 법규 위반만 본다

덕분에 다른 세상을 보았다
보았을 때 생각나면 바로 메모하라
용비어천가는 시공을 초월한 명언이다
때론 삶의 사무사思無邪는 상대적

그때를 메모해 두었어야 하는데
망각이 인생 최고의 치료 약이라는 강의
열심히 공감했는데 그 좋은 메모도

이제는 있는 곳이 어딘지
정리 정돈 분류 안 했다고
나의 수준 실력을 비웃네
머릿속에서 뱅뱅 돌기만 하네

이를 위한 해결사는
편작扁鵲인가 AI인가
기웃거리다가 세월만 가네

청려장 받자 / 주창백

불과 몇 년 차이 4촌 간인가
졸수卒壽는 90세라고 하니
99세가 오면 국가에서 주는
청려장靑藜杖 지팡이를 준단다

그 지팡이 받지 마오 곧 갑니다
친구 모친은 국가에서 주는 장수
지팡이 두 개나 받고 그해 갔어요

남녀·노소빈부·국적 불문
인간은 장수를 바라겠지요
기도하는 것은 대동소이大同小異
단 자신의 쯤을 모르는 재미

종심從心 전前은 세상을 염려했는데
질문하는 제자는 80세 이미 통과
이젠 나의 내일을 스승과 논하자
이 동네 장수촌長壽村 지정 어때요

왕복표 파세요 / 주창백

차표 한 장
젊은 시절 다방에서 들었던
One way ticket
존 덴버의 컨트리송
의미는 다 몰라도 오케이
그냥 미국노래 한 곡

엘비스의 어서 뽀뽀 준비
Kiss me quick도 그래요
그 시대 그 순간
시詩가 곧 그 노래

잘 아는 울고 넘는 박달재
오늘도 카세트테이프가 돌까
CD가 돌까 이사 갔을지도
한양 노래방 단골손님
나의 18번 종착역

천등산이 옮겨서 터널로
물항라 저고리 다 말랐는데
지금 오가는 왕복표 매표소
서울로 온 시詩인들의 추억

해보자 / 주창백

시작이 반
같이 한번 해보자
내일 새로운 공부방 3층

혼자도 아닌데 9기 함께
철부지로 돌아가서
선생님 강의 잘 들어요
선善한 시인이 탄생

멀지 않아 여기가 명소
착한 사람들이 모이는
詩歌 흐르는 여기가
바로 거기

날 풀리면 도림천에 가서
함께 봄 시를 지어보자
훗날 여기도 명품 거리
시도림詩道林의 발원지

어머니의 용龍단지 / 주창백

맏아들은 언제나 으뜸이었다
맏딸의 남편이 맏상주 다음
아들보다도 서열이 높던 시절

일곱 남매의 시대는 가고
이제는 기껏해야 한둘
먼 훗날 너희의 불효를
내가 대신 빌겠다

그러나 세월이 흘러도
삶의 뿌리는 쉽게 변하지 않으리

어머니의 용龍단지는
아무도 손댈 수 없는 성소였다

옹기 독에 쌀을 채우고
천으로 감싸 매듭짓던 손길
명절이나 맏형 생일이 되어야
그 위에 귀한 시루떡이 놓였다

어머니는 두 손 모아
먼 이국땅 첫째의 행운을 빌었다
일제강점 1943년 태어난 막내
맏형은 단 한 번
그를 안아 보았단다

해방 후에도 만나지 못한 채
어머니는 막둥이가
중학교 2학년 때 떠나셨다

그리움은 깊어만 가고
아버지는 120세
어머니는 122세의 시간 속에 있다
나는 오늘도
엉엉 운다

무릉도원 / 주창백

여러분 어디 가시는 중입니까
저요 유토피아 찾으려 갑니다

중국은 그냥 도원이라 해요
무릉도원武陵桃源을 줄여서
우리 동네는 이상향이라 해요
도원은 인천시 지하철역 이름

선생님 어디로 외출 하십니까
즐거움 찾으려 갑니다
마실 걷기 목표가 만 보인데
시절은 하 수상하여 5천 보

모두 천당 아래 명당인데
중국 일본 한국의 도원 입장료
누가 알까요 스승의 비밀
시詩인 기자들의 좋은 얘깃거리

여럿이 자주 가면 길이 되고
많이 말하고 글 쓰면 시사용어
모아서 엮으면 책이요 기록이다

길 가던 나그네 저기라고 알린
행화촌杏花村은 6촌 간 정도
훈장님 글방이 도원이라네

만래晚來 등단 / 주창백-

지난해 섣달 96호로 만래팀 등단
관악산이 알리고 신도림이 박수
설렌 마음에 영하 5도가 더웠다네
이백 두보 테스형의 선후배라네

표정 모습 다 미소 가득
가슴은 두근두근
만래晚來 자작호 결정
아내는 덤덤하네

詩歌흐르는서울 우리 팀의 등단호
미미한 파문 좋은 종신직 일자리
스승님 고맙고요 편집팀 공지방도
축하 인사 여기에 있네

친척 친지 친구에게 자랑거리
고스톱 등산보다 좋은 치매 예방
말로 하는 의사보다 시인이 명인
이 동네 글방 인연 詩歌울 만세

명인은 훗날 알려진다 / 주창백

지난 유혹 한시漢詩 학생 모집
새해 초 두어 달 충무로에 투자
노년층의 한문 수준을 알게 되고
얼른 포기하고 자퇴

중국 근무 시 책방은 우리와 비슷
가격과 언어가 다르고 내용은 대동소이
길거리 좌판 간체자 천자문 천원
중국서 서울로 나라만 다르고

다음 유혹 기회 똑똑똑
작년 하순 신도림 시 배움 광고
색다른 시인이자 스승 멋쟁이 훈장
우선 길을 안내하고 선蘿을 설명

술이 사람을 취하게 함이 아니라
자신이 마셔 취하듯
스승이 잡아당긴 것이 아니라
내가 훈장에게 반했다
강의는 잘 몰라도 출석은 우등생

앞에서 낯바시게 말 못 해도
시보다는 잿밥에 관심
얘기 듣고 차도 마시고
금강산만 식후경이 아닌 듯

이 또한 짭짤한 재미
지하철에도 스마트폰에도
훌륭한 작품들이 나를 기다린다
혼자 웃고 시를 생각 한다

감동적 만남의 말 / 주창백

참다운 남편 사랑 아무개 교수 만남
외국 출장 갈 때는 사랑도 쉬어라
가서 졸면 회사의 사나이 체면

하늘 같은 논산 훈련소 고참 만남
훈련 후 선배님 어디 가고 싶으세요
졸병 보고 갑자기 질문

그 한마디 후 반세기 지나 만남
어찌 나만의 한마디 감동이랴
주한 미군 부대 미국 떡 삼 년 즐김

오늘은 월간지 김00 스승님 만남
세월 따라 감동적 인연은 계속
누구든 시인이 될 수 있다네

기자와 시인 / 주창백

옛날 옛적 신문에
영국 국회의원 반ᆃ은 미쳤다
다음 날 세상이 시끌시끌
기자분들 당장 사과해요

기자협회 심야 회의 후
다음날 발표 심심한 사과
영국 국회의원 반ᆃ은
미치지 않았다

요즘 시인의 명판결
우리 국회의원 반은 모른다
여기 시가울 회원 백 프로 정상

꽃은 아름답다 / 주창백

어려서는 엄마가 아름다웠고
자라서는 여자가 아름다웠고
결혼 후는 아기가 아름다웠고
은퇴 후는 돈이 아름다웠고
종심 후는 건강이 아름다웠고
이제는 친구가 아름답다고
부부는 외출한 곳을 서로 모르네
좌청룡 우백호 모두가 헛것
선산의 할미꽃은 해마다 예뻐요

인생이란 / 주창백

삶은 쳇바퀴 돌리는 다람쥐
임시직 30년 갑甲은 아버지
정규직 30년 갑甲은 사장님
무한직 20년 갑甲은 아내
자유직 10년 갑甲은 엿장수

남는 장사 / 주창백

나이로는 남는 장사를 하고 있고
건강으로는 언제 끝날지 모른다
현재 우리의 주식 시세이다

이백 두보는 시詩로서 성공
당현종 양귀비는 장사 잘한 영웅
당나라 AD 618-907 국태민안
후손들은 아직도 詩만 울궈먹네
시는 영원 정권은 잠시
우리도 한번 잘살아 보세
박통은 체면만 남기고 OECD 입학
재탕으로 우려먹는 후손 이제는 염치없이
박통은 독재자 후손은 민주 애국자

US$ 유에스달라 K-won 우리 돈
집안 재미로 노벨상 바빠서 쉬네
국내외에서 Tube trip 장사
다들 좋아요 눌러 달라네

대출받아 집사고 세상 구경
빚은 할매 할배 세대가 갚으라고
권리금 없이 너나 노후준비라네
그래도 부고전달 방법은 알려야
원금 AI 시켜서 나라가 갚게
요지경 세상 민주주의라네

10년 후 자화상 / 주창백

올해 내 나이에 10년 더한들 92세
모두들 100세 시대 노래를 하네

반세기 전에는 이 몸도 신혼 재미 깨가 쏟아져
낮에는 공장에서 과자 만들고 저녁은
사랑 놀음 힘든 줄 몰랐다오

강산이 변한다는 10년 후에도 대포 한잔하자는 카톡이
올까 "다 모여" 하던 총무는 어디
카톡 보낼 힘이 내게 있을까
두 다리로 일어설 수는 있을까

AI가 부고 보내는 시대
엉덩잇살 관리 잘하자
기네스북 후보감 명언
'연금 많이 타시는 분들의 유효기한은'
10년 후 성군이 되시길

김광수 시인

시간을 넘어선 존재의 본질을 탐구하며, 지친
영혼에게 고요한 쉼터를 제공하는 명상적인
시인.

김광수 시인

월간문학 詩歌흐르는서울 신인상 시부문
월간문학 詩歌흐르는서울 동인
詩歌흐르는서울 월간문학상 선정위원
서경대학교대학원 동양학 석사
능인불교대학원대학교 석사과정
대통령 포장(2015년),
저서: 『사주공부』

소회

　‘詩歌흐르는 서울’ 문학지를 통해 시인으로 등단하신 후배 문우님들께 진심으로 축하의 인사를 드립니다. 여러분이 내딛은 첫 걸음은 참으로 소중하고 의미 있는 순간이며, 앞길에 작은 응원의 메시지를 전합니다.

　시인은 감정을 언어로 빚어내는 예술가입니다. 일상의 사소한 순간을 놓치지 않고 시로 길어 올릴 때, 삶의 모든 장면이 곧 시가 됩니다. 독자의 마음을 두드리는 힘은 바로 그 성실한 기록 속에 깃들어 있습니다.

　또한 선후배와 동료 시인들과의 교류는 작품 세계를 넓히고 서로를 북돋우는 귀한 자산입니다. 타인의 언어 속에서 자신을 다시 발견하며 시적 감성이 더욱 깊어질 것입니다. 비판 또한 두려워하지 마십시오. 다양한 해석과 시선 속에서 시를 갈고닦는 과정이 곧 성숙을 이끌어 줄 것입니다. 무엇보다 자신의 목소리를 지켜내시길 바랍니다. 경험과 감정은 고유한 자산이며, 그것이 독자에게 큰 울림을 줄 것입니다.

　여러분의 앞날에 행복한 시의 시간이 가득하길 바라며, ‘詩歌흐르는 서울’의 대표이시자 우리들의 스승이신 栢堂 김기진 선생님께 깊은 감사를 드립니다. 다시 한 번 축하드리며, 여러분의 시가 세상 속에서 오래 빛나기를 기원합니다.

풀벌레 산책 / 김광수

호젓한 산길 햇살 날아들고
여치 울음에 마음 간질이며
이글대는 무더위와 한바탕 전쟁

아쉬움 반가움 서로 만나

하늘 높게 솟구쳐 오르니
풀벌레 소리 단잠 부르고

능소화 낙화 뿌려놓은 길
호반새 비르르 비르르 짖으며
오선지에 색감 입힌다

성하의 무더위 자국 없고
스산한 가을바람 타고

울긋불긋 수채화 그렸다

거울에 비친 자아 / 김광수

흰 수국꽃 같은 달덩이 웃음
아이 손바닥만 한 거울에 담고
시간을 초일 하리라 굳게 믿었는데
겨우 겨울이 다섯 번 오갔을 뿐

여흔도 없이 본래가 되어
본심 일으켜 뚜벅거리는데
거세게 일은 인연 잠들고
내어 매달 자리 없어
소녀의 영롱한 눈빛 따라나선다

무소유 / 김광수

한적한 바닷가 아담한 모래성
밀려드는 은빛 물에 닳아지고

짙은 코발트의 바다
깨어진 크리스털 꽃병
청보리 바람에 흐늘흐늘

호젓하게 오르는 길섶에
유채꽃 향기 날고
요요한 이내 몸
공사판에 무너져 내린 양
아무것도 남은 것 없고
파도만 단조로이 밀려오다

나와라 / 김광수

우치에 덮이고
번민에 쌓인채
바람에 기우뚱
고통에 헤매고
홍진에 묻힌 너
세상에 나오길

아름다운 식생 / 김광수

추색이 완연한 한적한 산골
한반도 자태를 그려 놓은 듯
노랗게 물들인 들국화

이슬 머금고 소박하게 피어
혼을 담은 향기 난만한데
오래도록 보는 이 없건만
헤세 부리지 않고
도도陶陶하게 사는 그대

푸른 하늘 아래
물들어 가는 단풍과
추상을 만들어간다

비밀 연애 / 김광수

눈치챌까 봐 안달 난 심장
고장 난 박동 소리 더욱 나대니
행여 그대 귀에 들릴까 하여

알아챈 듯 다가와 달라붙은 구순
황홀한 향기 입안 가득히 전염되어
일렁이는 바람에 춤추듯 날고

사월 그믐 칠흑의 장막 안에
가둬 놓은 사랑

요요燿燿하게 비춰주는
태양아
오늘은 느지막이 떠올라라

신세기도 / 김광수

회오리치는 붉은 공

짠 바람 가르며 어둠 자락 젖히니
파도소리 바람소리 토닥대고
호들갑스런 탄성이 고요를 깨트린다

머리 숙인 이
두 손 모은 이
두 팔 벌린 이
제가끔 말하지만
이것이 일통이지 않은가

자국 남긴 자리
감미로운 커피 향과 함께
새해 홍복이 피어남을 보았다

이 향기는 / 김광수

밥상위에 놓인 젓가락처럼
나란히 줄 서있는
은하수에서도

차가운 소소리 바람에서도

지식이 많아 고개 숙인
자줏빛 할미꽃에서도

익숙한 내 솔솔 풍기며
날아가지 않는 향기

코끼리 병에 담아 곁에 두었다

슬픈 사랑의 노래 / 김광수

그대 운명처럼 엮인 이 마음
사랑은 가슴 깊은 곳에 뿌리내리고
반생 기다려온 그 날이
오늘일까
창밖에 조용히 내리는 빗물처럼
눈물 고요히 감추고
뒤돌아서는 그리움
꽃봉
슬픔 지닌 채 길가에 우뚝
솟아오르는 얼굴
눈동자 철없이 깊어지고
임 향한 사랑 붉게 물들며
가슴 속에 애달프게 스민다

연모
마음 그림자
사라져가는 듯 또렷이 남아
언제까지나 그리워할 사랑
시린 바람에 실려
마음 적시고 사무치듯 저리다

가을의 그리움 / 김광수

햇살이 바삭하게 익어갈 무렵
소담한 홍시 따스한 온기에 외쳐본다
볕은 가오리연처럼
길게 이어진 꿈의 선을 그리며

우산처럼 우거진 나무 아래
그림자 한 뼘 두 뼘 헤아리니
달구어진 여름의 기억
푸념하며 흘러가고

하늘로부터 멀어져
조용히 잠든 마을 뒷산
가을 노랫소리에
주렁주렁 열린 홍시
잔잔히 스러져 간다

그리움은 바람에 실려
이젠 닿을 수 없는 목소리
붉은 열매처럼 마음에 남아
가을의 끝자락을 함께 한다

햇빛과 숨바꼭질하는 날 / 김광수

흥분의 불씨가 시시각각 고조되어
긴 밤을 설렘 속에 뒤척이게 했다
설국의 빛이 두 번 부서질 때
백합 같은 얼굴에 분칠 당할까 하여
날카로운 화살들을 품을 수 있는
챙이 넓은 갓모자를 준비했고
새로운 세상 기대감으로 차올랐다

흔들리는 열차 안 테이블 위에 세워진
단단한 계란은 탄탄함을 내고
조각난 포도송이는 한쪽의 파랑 사과와 함께
신비로운 색채를 빚어내고
물병은 정직하게 그 자리를 지켰다

정성을 먹으며 정담 속삭이니
연함으로 부풀어 오른 얼굴
가벼운 미소 흐르고
발그림자 더없이 걸음을 가벼이 했다

바람을 가르며 제비처럼 비상하는 순간
천상의 네모난 상자에 의지한 마음의 문 열고
빗장 걸었던 외침의 소리 퍼진다
생각은 두둥실 육신은 홀가분히 하늘을 날며
응어리진 가슴앓이 저 멀리 뱉어내니
슬픔과 함께 바람 타고 질주한다

이 행복 나의 삶에 일부가 되어
천수 누릴까 괜한 걱정에 머무르니
소중한 행복 이제는
그대에게 전송되기 바라는 마음 애절하다

환희가 용솟음치는 햇빛 아래
저 멀리 숨바꼭질하며 함께한 시간
기쁨의 어울림을 느끼며 시간의 흐름 속에
진정한 나를 회복하고 다시금
금빛의 나날을 찾고 있다

인사동 불빛 아래 / 김광수

어둠의 긴 터널 끝을 지나
숨죽이고 웅크려 있던
내 그림자 끄집어내어
마침내 깨뜨렸다

여름의 눈부신 태양
뜨거움 속에 이글거리는 시각
처음 내 발이 닿은 인사동 거리
모시로 정성껏 감싼 화려한 가방
외출복이 늘어선 상점들
어린아이처럼 긴 막대 아이스크림을 한 입 한 입
시소게임 하듯 경합하는 사이
해맑은 눈빛으로 사랑을 속삭이는
다정한 연인

썰물이 빠져나가듯
해가 저물고, 땅거미가 부드럽게 내려앉는다
가로등 불빛 아래
간절한 애원 전하려 하니
가슴 깊은 곳이 쿵쿵 뛴다

살몃살몃 손 내미니
깨뜨려진 그림자
소중한 사랑의 속삭임 전해준다

진실한 색깔로 물든 꽃 / 김광수

사랑해
당신의 미소 피어나는
그날까지

사랑해
당신과 함께 나누며
환한 웃음 흐르는
그날까지

사랑해
당신을 바라보며 눈을 감는
평화로운 순간이 찾아오는
그날까지

8월의 환희 연꽃 / 김광수

무더위가 시작될 즈음
몽글몽글한 꽃망울이 조심스레 피어나
푸른 잎 위에서 나른하게 떨며
햇살에 미소를 짓고 있다

갓 핀 향기가 떨리며
그리움이 가슴에 스며
두 손을 가볍게 마주하고
바람 속에 안부 인사하는데
하루가 지나갔다

한 해가 흐른 지금
다시 뜨거운 햇살 아래
반갑게 너를 맞이할 준비를 해 본다

살멋살멋 손 내미니
깨뜨러진 그림자
소중한 사랑의 속삭임 전해준다

미련 두고 / 김광수

어야
어여차
만가 부르며 들길을 지나가네
허전한 마음 그리움만 남아

어야
어여차
다람쥐 따라 산길을 오른다
잊지 못할 추억들이 발밑에

어야
어여차
바람에 실려 하늘을 날며
파랑새의 지저귐 속에 눈물 뿌었다

김윤성 시인

물처럼 겸손하고 순한 삶의 도를 노래하며,
우리가 지향해야 할 삶의 자세를 맑게 비추는
시인.

김윤성 시인

김윤성 시인

詩歌흐르는서울 월간문학지 동인,
詩歌흐르는서울 신인상 동시부문
詩歌흐르는서울 월간문학상 선정위원
한국문인협회 회원
외교부 정년퇴임
NGO단체'월드쉐어 전문위원, 탄자니아 지부장을 역임
금천구청 아동복지교사로 청소년들에게 영어 지도
우석교휘'(예수교장로회합동교단) 시무장노

소회

　‘詩歌흐르는서울’ 대표 柏堂 김기진 선생의 시 창작 강의를 수료하신 여러 문우님을 축하하며 귀한 졸업작품집에 함께 할 수 있음을 감사드립니다

　柏堂 선생께서는“시는 특별한 것이 아닌 진솔한 삶의 기록이며 누구나 쉽게 다가갈 수 있어야 한다”라는 신념으로 ‘시는 화려하고 기교 있는 언어의 유희이며 아무나 쉽게 다가갈 수 없는 특별한 이들의 전유물’이라는 기존의 프레임 타파를 위해 노력하고 계십니다.

　이의 일환으로 선생께서는 당신이 직접 기획한 ‘시 창작 강의’를 통해 詩의 대중화를 위해 수고하고 계시고 저 또한 柏堂 선생과의 우연한 인연을 통해 시의 세계에 발을 들인 후 선생의 시 강의를 통해 조금씩 시에 대해 알아가고 있습니다. 분에 넘치게도 이번에 훌륭하신 문우님들의 작품집에 동참하게 됨을 무한한 영광으로 생각하며 앞으로 좋은 시상으로 서로 소통할 수 있기를 소망하며 8~9기 수강하신 문우님들의 건승을 기원합니다. 감사합니다.

세월 / 김윤성

주어진 시간은 같은데
느껴보는 세월의 속도는 다릅니다
어떤 이는 빠르다 하고
또 어떤 이는 더디다고 합니다

세월의 체감속도가 각자 다른 것은
우리에게 주어진 삶의 모습이 다르고
유한한 인생 진솔하지 못한 아쉬움의 차이일 겁니다

닭 모가질 비틀어도 세월은 흘러가고
인생도 그렇게 흘러간다지만
헛된 욕심으로 허송한 세월이 아쉽고
받은 사랑 감사하지 못한 어리석음이 후회로
돌아옵니다

내일 장미꽃을 보려면 오늘 심어야 하듯이
내 인생 끝자락에 후회를 남기지 않으려
오늘도 열심히 살아가려 합니다
한껏 베풀며 사랑하려 합니다

물처럼 살렵니다 / 김윤성

물은 겸손하여
낮은 곳을 찾아 흐르고
그릇 따라 모양이 바꿔도
속성은 한결같다

때론 구름으로 눈비로
우리 곁에 다가오고
한없는 자애로움으로 뭇 생명을 키워내지만
스스로 자랑하지 않는다

물은 조용하고 관대하여
세상 온갖 더러운 것 감싸고 덮어주지만
한번 노하면 모든 것 삼켜 흔적조차 없이 한다

허물 많은 이 세상 물처럼 살 수 있으면
조용한 모습으로
꼭 필요한 모습으로 다시 서고 싶다

물처럼 살아라 / 김윤성

너희를 생각하면
난 참으로 안타깝다.
내 살아온 세월이 아니라
너희들이 살아갈 세상이
안타까워 서글프다

세월 따라 세상이 변하니
교과서의 선한 길이
헛된 길이 되어가고
그 길 따라 열심히 달렸던
나의 삶도 허망한 것이 되었구나

절대 선과 절대 악은 무엇이더냐
오늘의 선이 내일의 악이 되는 세상
세상사 헛되고 헛되니 선악 구분도 헛되도다

너희는 물처럼 살아라
시세時勢따라 겉모양은 변하지만
속성은 한결같은
그런 물처럼 말이다

무제 / 김윤성

세상이 미쳐 돌아간다
무엇이 옳고 그른지
교과서에서 가르치는 것이
하나도 맞지 않는 세상

사람도 미쳐 돌아간다
책으로 배우고
종교 윤리 가르침 따라
바르게 살아가면 바보가 되는 세상

소돔과 고모라처럼
간악奸惡함이 만연하여 미쳐 돌아가는 세상
광란의 춤을 추는 불쌍한 영혼들
모두 소금기둥이 되어 버려라

봄을 기다리며 / 김윤성

매서운 겨울 찬바람 뒤로
입춘지나 우수경칩 즈음에 이르니
앙상하던 88 도로변 가로수 꼭대기엔
미세한 연둣빛이 감돌고
햇살 잘 드는 *잣절공원 모퉁이 길엔
어느새 따스한 봄기운이 촉촉이 느껴진다

이제 곧 황량하던 회색빛 산과 들이
다시금 푸르른 봄빛으로 물들면
숨죽이며 기다려온 땅 밑 뭇 생명들
활기찬 기지개를 펴겠지

새로운 봄을 기다리며
나도 겨우내 움츠렸던 몸을 활짝 열고
예쁘게 단장해야겠다

* '잣절공원'은 구로구 개봉동에 소재한 도시 자연공원

생명 / 김윤성

매서운 찬바람을 오롯이 맞으며
벌거벗은 채 떨고 있던 겨울 벚나무가 안쓰러워
가느다란 가지 몇 개 꺾어 와
따스한 서재 물 담긴 화병에 담아두었더니

마른 가지가 시나브로 물을 머금어
달포쯤 지나니 조그만 망울들이 맺히고
이내 연두색 이파리와 하얀 꽃을 피운다

그저 말라죽은 가지처럼 보였는데
그 속에 감추인 끈질긴 생명력
참으로 경이로워 새삼 숙연해 진다

조만간 가지 끝동에 잔뿌리가 내리면
좋은 흙 화분에 잠시 옮겨 심었다가
원래 있던 자리에 돌려주어야겠다

감사 / 김윤성

오늘하루도 치열하게 살았습니다
작지만 주어진 일이 있음을 감사하며
차안대遮眼帶한 말처럼 앞만 바라며
열심히 나의 길을 달려갑니다

조그만 성취의 보람을 통해
여전히 살아 숨 쉬고 있음을 느끼며
나는 매일매일 새로운 도전을 합니다

그저 그렇게 오가는 날들이라 하지만
오늘 이 하루가 내게 소중한 것은
어쩌면 내게 주어진 마지막 선물이기 때문입니다

조그만 감사가 더 큰 감사의 거리가 되고
서로 감사를 나눌 수 있으면 좋겠습니다
오늘하루도 나는 열심히 나의 길을 달려갑니다

건建에게 / 김윤성

너는 한 송이 아름다운 꽃
오래오래 사랑스러운 꽃

네 맑고 고운 눈망울
내 가슴은 벅차오르고
멋지게 펼쳐질 네 앞날이 기대된다

넌 잘하고 있고 더 잘 할거야
무엇이든 네가 하고 싶은 것
한번 시작해 보렴

조그만 씨앗이 큰나무로 자라듯이
넌 분명 많은 이에게 도움을 주는
멋진 큰사람 될 거야

저무는 것도 아름답다 / 김윤성

나무에 달린 현란한 벚꽃
뭇사람의 눈을 즐겁게 하고
시들면 꽃눈으로 땅에 내려
세상을 아름답게 꾸민다

떠오르는 아침의 찬란한 태양
희망의 찬가를 노래하고
저물어 석양에 지는 붉은 노을은
사랑으로 온 세상을 포근히 감싼다

아이의 맑고 고운 눈망울엔
무한한 앞날의 꿈이 담겨있고
노인의 깊이 패인 주름진 얼굴에서
굴곡진 인생의 여정을 본다

죽어가는 어미 새의 울음소리
애처로워 아름답듯
시들어가는 꽃이 아름답고
저물어가는 인생 뒷모습도 아름답다

시 / 김윤성

시를 쓴다는 건
참으로 어려운 일

영혼이 깨끗하고
긍휼하는 마음이 있어야
좋은 시상이 떠오르는데

세파에 찌는 영혼
매월 마감에 쫓기며
허겁지겁 쓰다 보니
아무리 머릴 굴려도
떠오르지 않네

연꽃 / 김윤성

거우내 잠겨있던 연꽃 줄기
봄 되어 살며시 물 위에 내민 손바닥 위로
하양 분홍 연두 형형색색
소담스러운 꽃봉오리가 놓였다

따스한 햇살 머금어
닫혔던 꽃잎들이 하나씩 문을 열면
하양 분홍 연두색 아름다운 하늘이 열리고
연못은 한바탕 성대한 꽃 잔치판을 벌인다

연못은 온통 탁한 구정물인데
그 위에 피어나는 아름답고 깨끗한 꽃송이들
경이로운 모습이 차라리 혼란스럽고
'염화시중의 미소'가 새삼스러워진다.

여름 / 김윤성

봄이 되는가 싶더니
금세 여름이 성큼 다가와 버렸다
가로수 연두색 여린 잎망울은
어느새 짙은 녹색 잎사귀가 되고
점점 더워지는 날씨 따라
사람들의 옷차림도 가벼워진다

망종 하지 지나 여름이 깊어 가면
제비 참새들도 새끼를 치고
바빠진 농부의 일손 따라
논밭의 식물들도 무럭무럭 자라난다

여름은 결실을 준비하는 성장의 시간이다

큰형수님 / 김윤성

희망이 보이지 않던 시절
자식들 미래를 위해
아메리칸 드림을 꿈꾸며
홀연히 미국으로 떠난 큰형수님
삼십 년 지나 처음으로 한국에 오시다

사십 대 당당하던 커리어 우먼의
자신만만한 모습 간데없고
여든 초반 꼬부랑 할매로 변한 초췌한 모습
이방 땅 언저리 삶의 고단함이 묻어난다.

고달픈 이민 살이
주류사회에 속하려 온갖 궂은일 다했지만
여전히 이방인의 굴레를 벗지 못하고
멈춰선 시간의 프레임 속에 갇혀버렸다

너무도 변해버린 한국
삼십 년 만에 돌아온 큰형수님에겐
모든 것이 낯설고 복잡한
또 다른 이방 땅이 되어간다

공평하신 하나님 / 김윤성

하나님은 언제나
간절한 나의 기도에 응답하시고
또한 나를 대적하는 사람의 기도에도
귀를 기울이신다.

내가 원수와 서로 대적할 때에도
하나님은 언제나 공평한 잣대로 판단하고
서로 협력하여 선을 이루어 가도록 하신다

하나님은 공평하신 하나님이시다

삶 / 김윤성

어디론가 훌쩍 떠나고 싶다
오란데 없고 기다리는 이 없어도
무작정 나를 찾아 떠나고 싶다

오늘 하루도 열심히 살았고
순간순간 최선을 다한다 했지만
여전히 모든 것이 부족하고
거울 속 내 모습은 추하기만 하다

흘러가는 세월만큼 짧아지는 우리 시간
함께 더 많이 나누고 더 사랑하지 못한 채
되돌아 후회만 남기는 온전치 못한 모습

오늘은 그렇다 치더라도 내일은 달라져야지
자꾸만 공허해지는 마음 바꾸고 채우려
나는 나의 본모습 찾아 떠나고 싶다

무더위 / 김윤성

여름철 무더위는
예나 지금이나 마찬가지인데
지금이 더 덥고 더 답답하다고 느끼는 건
견뎌야 한다는 간절함이
없기 때문입니다.

하릴없던 백수 시절 그때는
허름한 옥탑방 슬래브 지붕 아래서도
대야에 물 담아 발을 담그면서
간절한 마음으로
사십도 찜통더위도 이겨 왔는데

모든 것이 풍요로워진 지금
기껏 요정도 더위 앞에 무력해져 가는
내 모습이 부끄럽습니다.

시원한 냉국 한 사발로 지친 속을 달래며
모든 것이 간절하던 그때로 돌아가
다시 한번 무더위와 싸워보려 합니다

서주문 시인

진솔한 목소리로 마음속 고향과 그리운 이들을
불러내어, 읽는 이의 마음 가장 부드러운 곳을
어루만지는 시인

서주문 시인

詩歌흐르는서울 신인상 시부문,
詩歌흐르는서울 동인
詩歌흐르는서울 월간 문학상 선정위원
詩詩歌흐르는서울 월간문학상 수상
詩詩歌흐르는서울 2023년 대상 수상
(사)한글문학 자문위원
한국문예자카회 자문위원
시꽃 예술회 고문
시가흐르는서울 자문위원
송파문협 시분과 위원장
2023년 문학대상 수상 2024년
시문학대상 수상
(2025년)키르키즈스탄 문화사절 단원

소회

　산들바람이 계절을 가을의 문턱으로 이끄는 이때, 무더운 여름날 땀 흘려 동인지를 만들어 주신 김기진 대표님을 비롯한 모든 분께 깊은 감사의 마음을 전합니다.

　저희는 모두 김기진 대표님의 가르침 아래 시인으로 등단하여, 시라는 길 위에서 함께 나아가야 할 소중한 인연을 맺게 되었습니다. 위대하고 훌륭하신 대표님의 제자로서 자부심을 느끼며, '문학'이라는 세상 속에서 서로를 의지하며 살아가야 할 문우가 된 것입니다.

　세상에는 먼저와 나중, 위와 아래라는 순서가 있지만, '시가흐르는서울'이라는 이름 아래 묶인 우리는 하나입니다. 서로를 이끌어주고 밀어주는 동료로서, 메마른 세상 사람들의 가슴에 희망과 사랑을 불어넣는 좋은 작품을 함께 만들어 갑시다. 그리하여 행복한 삶을 노래하는 '시가흐르는서울'의 자랑스러운 등단 동기가 되기를 소망합니다.

서주문 드림

겨울 / 서주문

겨울이 오면 세상은 깨끗해지네
눈이 오면 모든 세상이 하얀해진다
나무들은 떨면서 바람에 흔들리고
철새들은 따뜻한 곳을 찾아간다

겨울은 추운 계절이지만
아름다움과 희망이 있다
눈이 내리면 즐거웁고
가족과 함께 따뜻한 시간을 보낸다

겨울은 우리에게 새로운 희망을 준다
추위를 이겨낸 강인함으로 변한다
겨울이 지나면 봄이 오듯
겨울은 새로운 시작과 희망을 준다

우리 글자 훈민정음 / 서주문

ㄱ ㄴ ㄷ ㄹ 우리나라 글자
세종대왕님이 만드셨네
가 나 다 라 우리나라 글자
어떤 소리도 표현할 수 있네
가갸거겨 우리나라 글자
배우기도 쉬워요
훈민정음 스물여덟 글자
보기도 아름다워요
익히고 잘 써서
세계의 글자로 만들어가요
백성을 위하여 만든 글자
따뜻한 마음으로 만든 글자
한글은 우리의 문화유산
영원히 간직할 보물이네
세계의 공용글자로
갈고 닦아 빛내자

어머니 / 서주문

한도 많어라 팔십 평생
천상으로 사십 년 육 남매를 키우신
어리고 어지신 어머니

끼니를 굶으셔도
아들은 먹이고 학교 보내셨지
엉망이 된 가세 일으켜야 한다고
지극정성으로 아들 키우셨네

애초부터 일복이 많으신 어머니
해 뜨기 전 집 나가셔서
해 지고 어두우면 집에 돌아오셨지
등잔불은 아들 공부하라 주시고
당신은 어두운 곳에서 저녁을 잡수셨지

어질고 덕 있는 예쁜 여자 만나
서울에서 집 한 칸 장만하고
앞마당에 자가용 세워놓고
월말이면 월급 받는 아들 바라셨지

친구야 / 서주문

친구야 우리는 이제
잠잘 때가 되어가는구나
게으름과 부지런함도
젊디젊은 생각과 용기도
소용돌이 속으로 들어가는구나

친구야 말도 많고 한 일은 없는데
이제 차디찬 땅속으로 부르네
손과 손 눈과 눈 부딪치고
포효할 때가 좋았지

친구야 한 잔 술에 다정했던 우리
웃으며 떠들던 때가 그립다
변해버린 너와 나의 모습
지금도 그 시절이 잊히지 않는구나

폐허 된 고향집 / 서주문

나를 출생한 고향집
사남이녀 길러내어
힘이 들었는가 보다

낳아주고 키워준 부모
북망산천에 가시고
형님 두 분도 부모 따라가시니
고향집 지킬 사람 없네

사는 사람이 없으니
이곳저곳 부서져 흉가 되고
잡초는 키 자랑하는지 무성하네

예부터 그 자리에 있던 감나무
어서 오라 머리 숙여 인사하며
나를 밟고 올라가 홍시 따라 손짓하네

무소식 / 서주문

그대가 가신 뒤
찬바람이 이는구나

창 너머 부는 바람
슬픈 노래 들려주고

맑은 하늘에 달빛
비수같이 차갑다

쌀쌀한 바람결에
눈보라 휘날리면

외투 깃 올리고
당신 찾아가리다

무소식도 하루 이틀이지
일 년이 지나도 무소식이네

설날 / 서주문

설날이 밝아 오네
고요한 새벽녘에
희미한 불빛이 스며들며
새로운 날이 시작되네

오래된 풍습이 살아나며
온가족이 모여 앉아
새해의 희망을 꿈꾸며
따뜻한 정과 사랑을 나누네

새로 다린 한복 입고
아이들의 웃음소리가
집안을 가득 채우며
설날의 즐거움이 찾아오네

차례를 지내며 조상님 기리고
세배하고 세뱃돈 주고 받고
가는 정 오는 정 풍성한 음식상
새해의 복을 서로 기원하네

새해 / 서주문

새해의 여명이 찾아오네
빛나는 태양의 손길이
어둠을 밝히고 새로운 날을
축복하며 깨어나네

지난 시간의 흔적은 희미해지고
새로운 희망이 피어나네
마음을 다잡고 새로운 목표를 향해
용기와 결심을 새롭게 하네

새해에는 지혜와 통찰력이 함께하여
깊은 성찰과 배움으로 사랑을 구하고
우리의 행동과 말이 품위를 지켜서
서로 나눔과 배려를 실천하자

아침 밥상 / 서주문

나 혼자 먹던 아침 밥상
아무렇게나 먹어치웠지
반찬이 나와서 인사하여도
모르고 지나갔네
둘이서 먹는 오늘 아침 밥상
반찬이 정렬하여 쳐다보네
이것도 맛있고 저것도 맛있고
아침밥상이 웃어주네
사람은 둘이서 재미있게 살라고
태초에 하느님이 만드셨대요
마주 앉은 아침밥상 보기도 좋고
한 숟가락 두 숟가락 정다운 아침 밥상

좋은 시 / 서주문

세상은 아름다움으로 가득하네
빛나는 태양과 푸른 하늘
춤추는 나무들과 향기로운 꽃들
자연의 조화가 우리와 같이하네
좋은 시는 우리 마음을
따뜻하게 감싸주는 힘이 있어
시를 통해 위로받고
새로운 시각으로 세상을 사네
세상에 좋은 시가 멀리 퍼져나가
우리에게 위로와 희망을 주고
좋은 시와 어울려 사는 우리들
더 아름다운 세상을 만들어가세

진달래꽃 / 서주문

너와 내가 다니던 등산로
봄이면 꽃이 함께 하였지
올봄에는 나 혼자 가야 하는 등산로
봄이 찾아와 꽃이 피겠지

우리는 진달래꽃을 좋아했어
불그스레한 진달래꽃
머리에 꽂아주고 웃고 웃었지
당신 없는 진달래꽃 울지 않을까

진달래꽃은 알고 있을 거야
당신이 있는 곳을
진달래꽃 마중하여 오구려
당신 머리에 진달래꽃 꽂아줄게

당신이 온다고 노래하는 새소리
진달래도 당신 맞으러 단장하고
나만이 허공을 쳐다보며
당신 머리에 진달래꽃 꽂을 수 있을까

새봄 / 서주문

오늘 아침 햇빛 속에
땅속에서 나와 인사하네
어리디어린 새싹
겨우내 소식 없던 너
새봄이 돌아오니 너도 돌아왔구나

따뜻하여진 봄
너는 나의 눈에 예쁜 꽃으로
올해도 반겨주겠지
그러나 한번 간 당신은
나의 눈에 보이려나

돌고 돌아 동쪽에서 서쪽으로 가는 해
당신은 돌고 돌아 하늘나라로 갔지
오늘 아침 찾아온 반가운 해
어느 하늘에 있는지 모르는 당신
혹시 새봄에 돌아올 수 있을까

장미꽃 / 서주문

붉은빛으로 아름다움 선보이고
향기로운 꽃잎에 사랑을 담아
우리 손 잡고 만나리

꽃잎 밑에 살며시 가시를 품고서
화려한 부드러움으로 선보이며
아름다움 창출하네

장미꽃의 아름다운 자태
수많은 시인과 예술가의 영감
사랑과 낭만을 상징하는 장미꽃

진정한 아름다운 사랑
정열의 뜨거움은 가슴을 울리네
장미처럼 아름다운 삶을 살자

여름 / 서주문

태양이 드높이 떠오른 여름날
푸른 하늘과 하얀 구름
살랑살랑 바람이 불어오네

초록빛 나무들이 그늘을 만들고
시원한 물이 흐르는 계곡에
발을 담그며 더위를 시킨다

해변에는 파도가 찰랑이며
아이들의 웃음소리가 가득하네
여름의 즐거움이 행복을 주네

여름은 우리에게 에너지를 주며
새로운 활력을 불어넣어 주니
우리 마음도 뜨겁게 타오르네

송파 시화전 / 서주문

송파의 봄이 찾아오니
희망의 꽃이 피었네
목련꽃 개나리꽃 빙긋이 인사하네
잠실 석촌호수 인파를 따라서
겨우내 준비한 시 꽃이 펼쳐지네

호수 속에 환한 벚꽃이 찾아올 때
꽃 속을 헤치고 시화전 나타나
석촌호수 찾는 상춘객에게
송파 문학의 향기를 뿜어주네
황홀한 벚꽃 속에 태어난 시화전

격무에 시달리면서 보내주신 구청장님 시
송파의 문학을 책임지는 송파 문학회장님 시
손자 손 잡고 산책하며 쓰신 할배의 시
직장생활 하며 틈틈이 써주신 젊은이의 시
온갖 시들 어우러져 시화전을 펼쳤네

노년의 삶 / 서주문

곱게 늙어가는 사람
사는 것이 아름다워요
늙은 나이에도 젊은 마음이 있다

젊은 나이로 늙어가는 사람
늙은 인격체가 되네요
늙은 마음에도 젊음이 솟고 있다

늙어도 늙지 않는 사람
마음이 늙지 않으니 활력이 넘치네
노년의 삶이 더욱 아름다워요

석산 양준호 시인

개인의 서정을 넘어 장대한 역사의 강을 꿰뚫는
큰 시선으로, 우리 문학에 깊이와 넓이를 더하는
시인.

석산 양준호 시인

월간문학 시가흐르는서울, 신인상 시부문
월간문학 시가흐르는서울 동인
월간문학 시가흐르는서울 월간문학상 선정위원
(사)한국문인협회 정회원,
대한민국예술인(문학)
금아피천득선생기념사업회(이사),
사할린희생동포기념사업회(추진위원)
서울대학교총동창회(종신이사)
남북교역추진위원회(위원장)
㈜호정물산회장, 동인시집 『선율을 그리다』(2024 청시)
공저 : 『Way를 위해 살아라』 국가경영전략연구원
『아름다운 새벽을 깨우다』 인간개발연구원 ,
이메일: frank52@navercom

소회

한편의 시로 시작한 길이 신인상 수상으로 이어져 시인으로 첫발을 내디뎠습니다. 그 시간 함께한 벗들과 이제 한 권의 동인지로 마음을 모으니 깊은 울림이 전해집니다. 각자의 마음속에서 피어난 언어들이 모여 작은 숲이 되듯, 이 동인지가 오래도록 울림으로 남기를 바랍니다. 감사합니다.

석산 양준호 / 시인

어머니 그리움에 / 양준호

고운 손길은 바람 따라 떠나갔건만
맑은 눈빛은 아직도 내 가슴에 비칩니다

따스한 품 안에서
들리던 자장가
그 노래의 끝맺음이
꿈결처럼 아득합니다

어머니
당신의 이름 부를 때마다
떨어지는 눈물은
마치 빗방울처럼 맺혀
젖은 추억 속에 스며듭니다

차가운 밤하늘을 올려다 보면
별빛 사이로 당신의 얼굴이 떠올라
가슴속 그리움은
끝내 달빛으로 번져 갑니다

어머니 그 그리움은
언제나 나를 감싸는 이불이 되고
내 삶의 길을 비추는 등불이 됩니다

그리운 당신께
내 마음을 바칩니다

그 역에 가을이 오면 / 양준호

낡은 플랫폼 위로 스며드는
아침 햇살 한 조각
가을은 조용히 기차처럼 다가와
내 마음의 창문을 두드린다

기다림의 끝자락에서
노랗게 물든 은행잎이
소리 없이 내려앉고,
바람은 옷깃을 스치는 손길로
추억을 깨운다

붉은 단풍의 속삭임은
낯선 이별의 노래 같아
서늘한 공기 속에 흩어지고,
긴 선로 끝 어딘가로
가을은 천천히 흘러간다

그 역에 가을이 오면,
시간도 잠시 멈추는 듯
내 마음엔 또 하나의 계절이
조용히 자리 잡는다

한강 그 흐름의 서사 / 양준호

여기 맑은 물줄기 하나
태백의 품속에서 첫 숨을 쉬며
돌과 흙 사이로 길을 낸다
그 비치는 여울마다 역사가 흐르고
물안개 속에 오래된 꿈들이 비친다.
신라의 배는 바람을 품고
고구려의 말은 강을 건너며
백제의 노래는 물 위를 떠 다녔다
강변에선 피와 땀이 섞인
민초들의 이야기가 바람에 실려
누군가의 오늘이 되었다.
사라지는 왕조의 그림자
그 아래 묵묵히 흐르던 강은
다시금 새벽의 별을 품고
내일로 흘러가며 다짐한다
물결 위에 새겨진 것은
패망이 아닌 영원이다.
이제, 강변의 흐름 속
도시의 빛은 달빛을 담아 강을 물들이고
삶의 풍요로움이 하늘을 비춘다.
마시는 물 한 모금 속에
천년의 기억이 담겨 있고
흐르는 강물 속에
오늘의 꿈이 다시 태어난다.
한강은 멈추지 않는다
시작과 끝을 알 수 없는

끝없는 여정 속에서
그 자체로 시가 되고 삶이 된다

흙에서 피어난 꿈 / 양준호

고요한 농촌의 들판에서
햇살과 바람을 벗 삼아
어린 날 뛰놀던 어린 시절
삶은 내게 빨라 물었다
어머니를 여의고 깊은 슬픔을 안고
서울 낯선 도시의 불빛 아래
나는 희망의 불씨를 품었다
허름한 방 차가운 책상 위에서
배움으로 내 길을 새기며
굴곡진 길을 지나온 세월에
피땀으로 맺힌 결실을 맺었고
풍요로운 날들이 내게 머물렀다
그러나 나는 잊지 않는다
흙내음 가득한 내 뿌리를
땀으로 적셨던 그 날들을
삶의 모든 무게가 내게 준 가르침
오늘 나는 그것으로 빛나리라

기다림 / 양준호

버스는 가고 없다
버스정류장만 덩그러니
흔적 기차처럼 남아있다
그것이 인생이고 그리움이다
추억 속에 여운을 남기고
깨우쳐진 느낌 속에 남아있으니
그대는 가고 내 곁에 없는 날
그린 마음 위에 사랑이 잠든다
왔다 가는 것
있다가도 없는 것
떠나가는 것에 목매지 말라고
오지 않을 소식을 기다린다
긴 기다림마저도
그것은 사랑이었다
나, 그대 아름다운 사랑으로
다시 만나라

봄이 오는 길목에서 / 양준호

바람 속에도
옷깃을 파고드는
봄바람 따라

버들강아지 실눈 뜨고
실개천   졸졸졸
잔설 내리는 소리에

오솔길 산허리에
소리없이 봄이 오고 있네요

당신의 마음에도
따뜻한 봄이 오고 있어요
흐르는 강물처럼

다가오는 봄 / 양준호

거울의 긴 침묵 지나고
나무가지 연두빛
새순이 돋아나며

차가운 바람속에서도
끝내 움츠리지 않았던 꽃망울이
따스한 햇살을 맞으며
봄을 준비하듯
다가오는 봄

세월의 흐름속에서도
그 순간들이 따뜻한 기억은
봄날의 바람처럼 부드럽고
변함없이 추억으로 쌓여간다

삼동의 매운 바람을 이기고
온 누리에 첫 봄을 알리는 전령의 꽃
매화의 그윽한 향기가 그립다

나의 가족 / 양준호

봄바람 일렁이듯

늘 곁에 있지만 늘 곁에 있어서
말하지 못하고 해 주지 못한 채
미루어 두었습니다
때로는 미워하고 원망했습니다

하지만 압니다 숨 쉬는 것처럼
너무나 당연한 우리의 관계가
결코 당연하지 않다는 것을
지금의 나를 있게 하고
앞으로 살아가게 할 힘이라는 것을

나중이 아니라 지금
더 사랑하고 아껴줘야 한다는 것도

오늘 저녁 가족과 함께
따뜻한 저녁 한 끼를 해야겠다
그보다 더 따뜻한 눈빛과
말 한마디 건네면서

눈빛으로 마음으로
서로를 알아보고 품어주면 충분하다
말로 하기 어렵다면
향기로 전해야겠다

200 선배 시인 작품

손끝 너머의 세상 / 양준호

열심히 살아왔건만
기계 앞에 서면
내 손이 어색해진다

하루가 멀다고
새 기술이 쏟아지니
내 마음은 늘 한발 늦다

일찍이 손발로 일하던 시대
이젠 손끝 보다
머리가 더 복잡해졌다

기계가 편해진 세상이라면
사람의 온기 없는 대화는
왠지 더 쓸쓸하게 느껴진다

그 찬란한 아픔 첫사랑 / 양준호

사랑 중에서도
첫사랑은 헤어져야 한다고
헤어지길 잘했다고 소리소리 치지만
그게 아닌가 보다

평생을 두고 가슴 모서리 벌레처럼
숨겨두고 키우며
제 살을 파먹게 하는 게
첫사랑인가 보다
그래서 첫사랑은 가장 찬란하고
가장 아픈가 보다

이제 나 모르는 사람과
살 비비고 살 그 사람
나처럼 일상 속에 부대끼며
그냥 허허실실 살아갈 그 사람

그가 불행하다 해도
더 없이 가슴 아파지는
그 사람

달그림자 / 양준호

빈 배에
달빛만
가득 싣고 돌아오네

예술의 향연 가곡제 / 양준호

사랑의 선율로 피어나는 예술의 향연
화사한 봄 따뜻한 가장 감성의 계절에
가족을 향한 사랑
가곡을 향한 마음
삶을 감싸는 감동이
고운 선율로 피어난 밤

삶의 빛깔을 닮은
평화 소망 영원 자유 신비 생동 여섯 주제로 채워졌고
그 안에는 누구의 하루
누구나의 마음이
조용히 숨 쉬고 있었다

가곡의 선율은 참 따뜻했다
익숙하면서도 낯설고
단순하면서도 깊은 멜로디는
오래된 편지를 펼치듯 잊고 지냈던 감정을 다시 불러
왔다
귀는 황홀했고
가슴은 오래도록 울렁였으며
영혼은 그윽하게 맑아졌다

무대 위 노래는 음악이 아닌
삶의 조각들이었다
한 사람의 진심 한 세월의 숨결이

한 송이 꽃처럼 피어나 마음을 어루만졌다
가곡제는 그렇게
사랑이라는 가장 순한 언어로
기억과 감정을 흔들어 놓았다
예술은 어쩌면 마음을
다시 살아 숨 쉬게 하는 빛일지도 모른다
그 빛은 가곡이라는 이름 아래
더욱 따뜻하게 타올랐다

사랑한다는 것 / 양준호

길가의 한 송이 민들레 피어나면
꽃잎으로
온 하늘을 다 받치고 살듯이
세상에 태어나서
오직 한 사람을 사무치게
사랑한다는 것은
세상 전체를 비로소
받아드리는 것입니다
차고 밝은 밤을 뜬눈으로 지새우며
서로 뜨겁게 사랑한다는 것은
그대는 나의 세상을
나는 그대의 세상을
함께 짊어지고
새벽을 향해 걸어가겠다는 것입니다

봄을 찾아서 / 양준호

어느 날 봄이 온다기에
봄은 어디에서 오고
어떤 모습으로 올지

봄을 찾아 온 종일 헤맸다
산으로 들로 아지랑이 속으로
신발이 닳도록 헤맸다

지친 몸으로 집에 돌아와
문득 스치는 매화향에
나도 모르게 웃고 말았다

앞마당 매화나무 가지에서
봄은 이미 피어나고 있었고
빈 몸에 매화향만 가득 안고 돌아왔다

뜰 앞 매화나무가
온몸으로
봄을 보여주고 있었다

일주 이순재 시인

낡은 목걸이 하나로 우주보다 큰 사랑을
노래하며, 삶의 모든 순간을 에너지로 바꾸는
생동감 넘치는 시인

일주 이순재 시인

詩歌흐르는서울 신인상 시부문
詩歌흐르는서울 월간문학상 선정위원
詩歌흐르는서울 동인, 카네게홀콘서트 공로 대상
카네기 홀 시 낭송 콘서트 공로 대상
키르키스스탄 국립드라마극장 시낭송 콘서트 단원
한국문인협회 회원
국제PEN한국본부 회원
대한민국 문화예술 대상, 전국스피치 경기도지사상
전국대전 시 창작 대상 문화 체육 관광부 장관상
청시회원, 시원 회원
 詩歌흐르는서울 낭송회 부회장
21세기 아트컴퍼니 고문
저서: 『어쩌면 좋아』 『축제』

소회

　선생님과 맺은 인연이 그리 길지는 않았습니다. 돌이켜보면 찰나 같은 시간이지만, 제 삶에는 그 어떤 세월보다 깊고 농밀한 시간이었습니다. 시는 특별한 재능을 가진 사람들만의 것이라 여기며, 글쓰기 앞에서는 초등학생 실력도 못 된다고 자책하며 늘 작아지기만 했던 저였습니다.

　그런 제게 선생님께서는 시를 쓰는 기술 이전에, 시의 눈으로 세상을 바라보고 마음으로 느끼는 법을 가르쳐주셨습니다. 누구나 저마다의 시를 품고 있다는 따뜻한 격려로 용기를 북돋아 주셨고, 서툰 표현 하나하나가 소중한 감성의 조각임을 일깨워주셨습니다. 덕분에 저는 난생 처음 시를 알게 되었고, 더 나아가 시처럼 살고 싶다는 간절한 꿈을 품게 되었습니다.

　이번 9기 졸업 작품집에 제 이름과 글을 올리며 벅찬 마음을 감출 길이 없습니다. 이 모든 것은 제 안에 잠들어 있던 작은 가능성을 발견하고 이끌어주신 선생님의 큰 공 덕분입니다. 제 삶의 길을 환히 밝혀주신 선생님의 은혜에 진심으로 머리 숙여 감사드립니다.

보물 1호 / 이순재

그리운 이 만나기 위한 외출 준비
무심코 꺼내 본 서랍 속 자석 진주 목걸이
어머님이 내게 주신 목걸이

색깔은 누리딩딩
플라스틱 고리는 금방이라도 뚝 떨어질 듯한 자그마한
짧은 목걸이

주름 잡힌 갈고리 같은 손바닥에 올려놓고 눈을 모았다

강산도 서너 번 넘게 바뀐 오늘에서야 텔레파시를
시어머니 영혼 계신 곳으로 달려본다

행여 흠집이라도 날까 봐 아끼고 아끼셨던 목걸이
목에 건 날이면 어머님 아팠던 두통 사라지고 앓던
속병마저 사라지게 한 요술 같은 목걸이

아픔도 사랑도 함께 담아주신 유품
유산 같은 보물

오늘은 주름진 내 목에다 어머님처럼 걸었다

동백꽃 새신랑 새신부 / 이순재

새색시 옷섶에 감춘 미소
초록빛 이파리 파란 끈은 붉은 입술
입맞춤에
젖몽오리 아픔 잊고
붉어진 두 볼 속내 드러내지 못한 사연은
거친 해일 덮치고 간 곳 발자국 남기고 싶지 않아
회색 콘크리트 바닥의 틈새로 뻗어
귀한 보석 같은 기억만 담아 웨딩마치 선율 따라 문을
두들겼다
출렁이는 파도 잠재우고 큐피드 화살에
깊숙이 파고든 웨딩드레스 치마폭에 선물 가득 감싸고
활짝 핀 동백꽃 새신랑 새색시 영원히 피어 있으리라

사령탑 작은아버지 / 이순재

하늘에 떠다니던 별 하나가 떨어져
한 줌의 재로 탄생되셨다

흐르는 빛의 속도에 따라
자연과 합일치를 이루고
이슬 젖은 공간 속에서
기억과 그리움을 파노라마처럼 펼쳤다

조각난 기억들 꿰맞추지 않아도
품어주신 사랑의 발자취는
긴 세월 희로애락 함께 하셨고
휘몰아치는 바람을 멈추게도 해 주셨지

사색이 돈다 혈액이 돈다
검붉은 피가 흐른다

숱한 굴곡진 삶의 여정 속에서도
사령탑 쌓아 올리게 한
나의 큰 숙부님

이젠 모든 마음 내려놓으시고
쉼터로 가셨다

어쩌랴 다시 오시라
다시 만날 날 손짓하며
고개 숙인다.

작은 소망 / 이순재

태어나서 부모가 아가라 불러 주셨던 적
그때의 소망은 뭐였었지

우정어린 친구들 그 이름 너무 많아
돌탑 쌓았다

굴러떨어진 돌덩이
주워 모아 보니
이 세상 눈감을 때까지
갖고 싶은 이름 또 생겨나네

작은 소망
하얀 백지 위에
시 한 수 수놓고 싶다

오로라 / 이순재

병풍처럼 둘러싸인
산자락 아래
빛의 창작

엷은 청록빛이
피어나고
보랏빛 물결치는
신비로움
잊을 수 없는 그 순간

우와
우와

함성만으로 표현할 수밖에 없는 축복
분명 신께서 주신 선물

수년이 지난 날인데
아직 그 자리에서
스케치하며 서 있다

눈 위를 밟으며 동화 속에
숨 쉬고 있다

부자富者 방망이 / 이순재

현금 자판기 앞

뚝 또록 뚝
짧디 짧은 소리

동그라미 짧게 그려진
배춧잎 닮은 두어 장

손아귀에 집어 들고
갈 곳 많아 우왕좌왕

돌고 도는 것이 동그라미
옆구리 칸에서 들려오는 저 소리

뚜루룩 뚜루룩
뚜루룩 뚜루룩
연거푸 쏟아지는
저 소리

가뭄 끝에 소낙비 퍼붓는
곱디고운 멜로디 물소리

나의 친구는 나 / 이순재

내 마음 내가 믿자
찬란한 빛이 머리 위에 앉아 주는 날
전도 몽상에서 깨어났다

영원을 믿고 따라가는 길
피폐하고 황폐한 길목에도
내 친구 나는
내 곁에 머문다

친절과 미움 뒤엉켜
변화무쌍한 생사를 넘나들 듯
목적지 방향 알 수 없는 곳
주저 없이 동행하는
내 친구 나

어떤 법칙이 가로막아도
적대감조차 사라지는
안개 이슬 같은 것

잠든 뇌파가 행복하다

내 친구 나
뿌리가 굵어지고 잎이 무성해 지니
거대한 에너지가 솟아나는구나

행여 화살표 잘못 그려
소풍길 끝난다 해도
함께 할 수 있는
내 친구 나

사랑해요
사랑합니다

내려 놓을 수 없는 것은 / 이순재

그가 보고플 때
저 멀리 바라보는 망원경
동공을 확장해 봐도
그대는 어디 갔나

기억은 계속 눈을 뜬다
어제가 오늘
오늘은 내일

망원경 거울은 끊임없이 탐사하니
어찌 그대 붙잡지 않을 수 있으랴

행복과 고뇌 / 이순재

그 무엇 하나 그려져 있지 않은
백지 위의 백지
하얀 마음 동그라미뿐

시계태엽 돌리면 찾아드는
돌
멍
가족

초연한 자태로
가다듬는다

아픔도 행복의 숙소
혈액이 흐를 때마다
함께하는 세포들은 제자리 찾기 바빠진다

행복과 괴로움은
원천부터 없는 것
하얀 백지만의 결사체
그 무엇도 없는 투명하고 하얀 마음뿐이다

인간 사는 세상 / 이순재

오늘도 어김없이 쳇바퀴 돌리는 소리 들린다
말 없는 돌덩이도 밟혀 아파하고 울음 운다

각자 어느 위치에서 바라보냐에 따라
견해가 다를 뿐

밟힌 돌 밟은 발 모두
아픈 사실은 한마음일 터

부모는 내 자식 맞이에
최고의 행복으로 자랑삼고
자식은 저금통 깨 떨어 부모님 찾아뵈었던 횟수에
효도 다 한 냥 자랑으로 여긴다

가슴으로 품은 부모님 사랑
대를 이어 가고 싶은 망팔 마음이련만
검은색 물감 흰색 섞어 회색으로 변해
결국 콘크리트 벽에 부딪치는 게
인간 사는 세상인가 보다

오늘도 성격 급한 다람쥐
쉬지 않고 돌리는 덜컹대는 소리 내고 있다.

카네기 공연 나팔소리 / 이순재

하늘높이 구름타고
무지가 안아 나팔꽃 나팔불어
태극기 휘날리며 내 인생 소리 높였다
꼬부랑길 또 다른 비탈길 돌 부리도 밟았네
넘어질듯 넘어질듯 비틀대다 키 큰 해바라기 손짓으로
바른길에 점을 찍어 카네기 무대위에 올라 나팔소리
높였다
가시넝쿨 길 넘고 넘어 높이핀 나팔꽃
오색조명 불빛속에 장미빛 양탄자 무대위 새로운 길
열렸네
덩실 덩실 춤추고
노래하며 인생역전 이루었네
나팔꽃 나팔인생 높이 불며 태극기 더 높이 올리고
인생역전 알리고 싶다
울 엄마 아버지
무덤 속 까지

시처럼 살고 싶다 / 이순재

내 안에 있는 모든 것
다 끄집어내
시처럼 살고 싶다

보이지 않고
들리지 않던 소리
귀 기울였더니

보이는 게
너무 많아
눈을 감을 수 없네

요양원 / 이순재

모든 역사 침전한 곳
기억도 가라앉아
온종일 청소만 하신다

역사가 시들고
고뇌가 묻어 나는 그 길
천국 가시는 꽃길 될 테지요

서울 남산 / 이순재

서울 하면 제일 먼저 떠오르는
도심 가운데 우뚝 선 남산
아팠던 역사는 봄가을 꽃향기와
단풍 물감으로 허브향 되어
철 따라 온 세계로 날려 보낸다
남산 타워는 쉬지 않고 돌며
곳곳에 남아 있는 어두운 국치 흔적
닦아내고 수호신 되었지요
조선 초 태조가 풍수지리에 의해
도읍지를 개성에서 서울로 옮겨
남쪽에 위치되어 남산이라 하네
하 목멱산 터에다 봉수대 세우고
우리 민족 지켜 주시니
춤추는 서울 되었네
남산 국악당은 문화의 배움터 되어
예술의 진흥과 우수성 한국의
역사적 전통을 자랑
할 수 있는 문화의 산실
둘레길도 이웃 나라들과 함께하는
힐링 코스 되어 웃음소리 이어지는 서울 남산
마음과 마음이 합해지니 길게 뻗은
여러 갈래 길과 케이블카는
세계 어디라도 연결된 듯
항상 깨어 있는 서울 남산
영원히 숨 쉬는 보물이어라

한마음이고 싶어 / 이순재

내가 제일 행복하다고
생각하는 곳에 머물고 싶어라
생각이 깨어 있고
여여한 삶
시시각각 활개 치며
날아가는 새가 된다
어찌하리
옷장 속 핑크색 옷 입고 화들짝 날고 싶어라
착시 현상이 일어난다
볼록렌즈 확대 거울에 비친 모습
입속에 고이는 시금 텁텁한 맛
먹어도 입어도 벌거숭이 알몸
사막에 그림을 그린다

이영실 시인

시련을 이겨낸 강인한 의지로 삶을 뜨겁게
긍정하며, 하루를 일 년처럼 소중히 살아내는
희망의 시인

이영실 시인

詩歌흐르는서울 동인
詩歌흐르는서울 월간문학상 선정위원
한국문인 신인상 시부문 수필부문
카네기홀시낭송콘서트 공로대상
한국문인협회 회원
국제PEN한국본부 회원
제17회 전국 김소월 백일장 일반부 산문부 장원
시낭송가지도자 자격증 획득
스피치 지도자자격증 획득
저서: 『인생을 행복하게 사는 시크릿』
　　　『저 숲속의 나무처럼』

소회

　동인지 발간을 진심으로 축하드립니다.
　제가 '작은 거인'이라는 별명을 붙여드린 김기진 시인님을 만나 저 또한 많이 배우고 있습니다.

　사람은 살면서 어떤 만남을 갖는지가 참으로 중요한 것 같습니다. 혼자서는 살 수 없는 우리 인생에, 누군가 이끌어주는 손길 하나가 삶의 방향을 바꾸기도 합니다. 50년간의 결혼 생활 동안 앞만 보고 열심히 살아온 저에게, 친구가 시의 세계로 안내해 주었던 것처럼 말입니다.

　"시인은 길도 똑바로 가야 하고, 늘 모범이 되어야 한다"고 배웠기에 저 역시 그렇게 살고자 늘 노력하고 있습니다.

　인간에게 건강만큼 중요한 것은 없습니다. 건강을 잃으면 모든 것을 잃는다는 말처럼, 우리 모두 건강 관리에 힘쓰며 동인지 활동에 매진했으면 합니다. 그리하여 우리가 함께 만드는 이 동인지가 대한민국 최고가 되도록 키워갑시다.

　귀한 동인지에 동참하게 해주셔서 감사드립니다.

대한민국이여 / 이영실

대한민국이 선장이 없이
둥둥 떠간다
어쩌면 좋아
우리 국민들은 발만 동동 굴릴 뿐
어찌할 수도 없어

국회의원을 너무 한쪽만 찍어
거대 야당이 되니
나라를 잘 이끌어가는 데는 관심 없고
대통령 발목 잡는 데만 힘쓰는 것 같아

전쟁도 아닌데
국가가 나락으로 떨어지게 되었으니
오호통재라 이 노릇을 어찌할꼬

6·25 전쟁에서도 폐허 속에서도
일어나 지금의 대한민국을 만든
위대한 열심히 일해온 우리 국민들

우리 모두 제자리서 흔들리지 말고
묵묵히 하던 일 열심히 하다 보면
다시 좋은 날이 오겠지요

정치인들이여
눈을 감고 생각해봐요

어느 길이 옳은 길인지

70년 전쟁 없이 잘 살아간다
했더니 스스로 전쟁을 만들어가는
우리들 자중합시다

하루를 1년처럼 살고 싶은 여자 / 이영실

하루하루가 소중한 요즘
하루를 1년처럼 소중하게 살고 싶은 여자

하고 싶은 것 다 하고
기회만 있으면 주어진 것에
감사하며 최선을 다하려는 마음

아름다운 세상
하늘도 아름답고
땅도 아름답고
이 아름다운 세상
만나는 사람마다
사랑하고픈 마음

마치 내일은 없는 것처럼
하루를 일 년같이
최선을 다하려 애쓰는 나

하고 싶은 것 다 할려고
오늘도 하루하루를 바쁘게
살아가고 있는 여자
하루를 1년처럼
값있게 보내고 싶은 여자

아픔을 딛고 일어서

주님이 주신 마음으로
용서하고 받아들이고
내 운명에 순종하며
사는 날까지 최선을 다하리

후회 없이 아름답게
예쁘게 살아가고 싶다

라디오 속에 사람 있는 줄 알았어 / 이영실

어렸을 적 어머니 따라
읍내 친척 집에 갔는데
조그만 통에서 사람 소리 많이 나는 게
너무 신기해
어떻게 이 조그만 것 속에
사람이 많이 들었을까
몇 명이나 있을까
궁금해
어른들 몰래 라디오 들고나와
돌멩이로 꽝

앗! 사람은 없고
기계만 있고 텅 빈 라디오
라디오 귀한 시절
처음 본 라디오
사람 들어있는 줄 알고
돌멩이로 때리면
진짜 사람 들어있으면 어쩔라고
크게 다칠 것 아닌가
라디오 부셔 크게 혼났던 기억

불과 몇십 년 사이
눈부신 발전
TV 스마트폰 AI
식당가도 테블릿 주문에

이제 따라갈 수 없는 노인이 된 나
어리버리 모든 게 서툰 시대가 됐다
우리 어릴 때 한글 모르는 어른들처럼
이 눈부신 발전만큼
사람들은 더 따뜻하고
다정하고 행복한 세상이 되어갔으면

겨울 나무는 내 친구 / 이영실

뒷동산에 올라
겨울 나무들과 친구를 한다
말없이 옷 벗고 서있는 겨울나무들

친구들아 내가 속삭여주는 소리
큰 소리로 외치는 아우성
나무들을 세워놓고 이런저런 속삭임
다 협렵하는 나무들

지금 우리나라는 뜨거운 감자
식혀서 바르게 나가야 할 텐데
지금까지 잘 버텨온 선조의 뜻을 따라
잘 헤쳐나가겠지

어렵고 힘들 때는
따뜻한 온정이 있었는데
 부족함이 없는 풍족한 시절
양보가 없다

3.1절의 함성아
뜨거운 감자를 식힐 방법을 알려다오
겨울의 취미를 묵묵히 견뎌낸
겨울나무야 많이 추었지
쓰담쓰담 나무들과 친구
겨울나무는 내 친구

이제 봄이 오니
프릇프릇 새싹이 돋는소리
희망찬 함성 들린다

가을꽃 / 이영실

강감찬 장군
동상 아래에서

낙성대 에어로빅 과정
댄스 하는 여인들

연둣빛 이파리처럼
어찌 저리도 고운지

살며시 다가가
입 맞추고 싶은 마음
몹시도 애련하구나

아름답구나
멋지구나

음악에 맞추어
춤추는 여인들

그 속에
내가 있지
화사한 가을꽃으로 있지

꽃 꽃 꽃 / 이영실

여기저기 꽃천치
꽃구경하느라
눈이 바쁜 봄

나 좀 봐 달라며
꽃이 활짝 핀 모습에
그대 모습이 보인다

지독히
당신을 좋아하고 있는지

나 좀 봐달라는 듯이
꽃이 활짝 핀 모습에
그대 모습이 보이는 것
왜일까

사랑이란 / 이영실

보고만 있어도 사랑스런 사람
자식도 손주도
만나기만 하면 행복 가득

만남에 감사하며
한 달에 한 번씩 만나는 우리 가족

만나고 돌아서면
다시 보고 싶은 마음
이게 사랑일까
주책도 없이
아무 데서나 쏟아지는
사랑스러운 감정

일출 / 이영실

정열적인 빛
찬란하게 떠오르는 해

늘 솟아오르지만
새해 떠오르는 태양에는
특별한 꿈이 있다

희망이 있고 감사가 있고
사랑이 있다

환하게 웃는 햇살에 한해 계획을 담고

해가 떴다
넘치는 한 해가 되길 바라는
내 가슴에 먼저 해가 떴다

6월이 오면 / 이영실

6월이 오면 불현듯 이모가 생각이 난다
열아홉 꽃다운 나이
순경과 약혼했다는 이유로
빨치산에게 끌려가서 소식을 모른다

큰딸을 잃어버린 외할아버지
미친 듯이 이산 저산 딸을 찾아다녔지만
끝내 한을 품고 돌아가셨다
엄마도 언니가 보고 싶다며
북녘땅을 바라보신다

똑똑하고 착한 언니는 집안일을 도맡아 했고
착한 언니가 보고 싶다고
이따금 흐느끼던 우리 어머니
이모와 엄마 단둘이셨던 자매

이모는 그때 돌아가셨을까
끌려가 북녘땅에 살고 계실까
나도 밤하늘 별을 보며
엄마와 이모 생각에 잠 못 이룬다

저녁노을 / 이영실

부엌에서 바라보는
빌딩 숲 저녁노을
가슴이 뭉클하다

바다에 떠 있는 그 노을보다
지금 빌딩 숲 저녁노을이
더 황홀하다는 사실
오늘 알았다

꿈 / 이영실

나는 어릴 때부터 꿈이 있었지요
세상에 이름 없이 왔다 가는 게 아닌
이름을 남기는 큰사람이 될 거라고

그리고 그날그날 최선을 다해
열심히 살았는데
정신 차려 보니 거울 속의 나
머리 하얀 노인이 되어있네

돌아보니 한 줌도 안 되는 세상
시집도 내고 남편과 함께 수필집도 내고
시 낭송도 하고 유튜브도 하고
<박용규 이영실의 성경 읽기>는 어느새
여든여섯 번째

무정한 세월이지만 나는
유튜브에라도 이름을 남겼잖아
토닥토닥 스스로 달래어 본다
이 아름다운 세상 멋지게 살아보자

지하철 보안문 / 이영실

20년 전 우리 지하철에 보안 문이 없어
아까운 목숨들 실족사 할 때
너무 가슴이 아프고 안타까웠는데
미국에 가니 보안 문이 있어
얼마나 부러웠던가

이제 우리도
안전문이 설치되어 보기에 좋다
대한민국이 자랑스럽다

나도 자랑스러운 국민이 되기 위해
오늘도 신중하게 잘 살아야지
나라에 누가 되지 않도록
사랑하며 감사해하며
예쁘게 살아가야지

평론 -함께 길을 걷는 소중한 시인들에게-

나의 사랑하는 열두 분의 시인들이여,

　우리의 땀과 마음이 담긴 『졸업 작품집』을 손에 들고, 한 분 한 분의 시를 천천히 다시 읽어보았습니다. 종이 위에서 빛나는 여러분의 언어를 마주하며 벅찬 마음과 함께, 제 마음속 깊은 생각 하나를 나누고 싶어졌습니다.

　저는 늘 제 자신이 여러모로 부족한 사람이라 생각해왔습니다. 한 사람의 인간으로서, 또 시의 길을 먼저 걷는 길벗으로서 채워야 할 것이 너무나 많다는 생각에 아쉬운 마음이 들 때가 많았습니다. 하지만 오늘, 여러분의 시를 읽으며 문득 깨닫습니다. 어쩌면 우리를 시인으로 살게 하는 가장 큰 힘은 바로 그 '부족함'과 '아쉬움'에서 비롯되는 것이 아닐까 하고 말입니다. 스스로 가득 찼다고 여기는 마음에서는 새로운 것을 담을 수 없고, 완벽하다고 믿는 영혼에서는 간절한 노래가 울려 퍼지기 어렵습니다. 세상 슬픔에 함께 아파하고, 보이지 않는 것을 그리워하며, 채워지지 않는 무언가를 향해 끊임없이 손을 뻗는 마음. 그 아쉬워하는 마음이야말로 시를 잉태하는 가장 비옥한 토양이라는 것을, 저는 여러분의 시를 통해 다시 한번 배웁니다.

　그러한 마음으로, 여러분이 땀과 눈물로 피워낸 시의 꽃들을 길잡이의 심정으로 하나하나 호명하며 저의 기쁨과 믿음을 전하고자 합니다. 새롭게 피어난 여섯 송이의 꽃『시가흐르는서울』의 이름으로 함께하여 시인의 첫걸음을 뗀 여섯 문우, 여러분의 시는 삶이라는 대지에서 막 틔워낸 새싹처럼 싱그럽고 진실한 힘을 가지고 있습니다.

소백 김영숙 시인의 **「나의 나」**에서 저는 내면을 깊이 들여다보는 섬세한 눈에 감탄했습니다. "너는 네 속에 나"라는 통찰은, 앞으로 그가 얼마나 깊은 사유의 시인이 될지를 보여주는 빛나는 증거입니다. 이것이야말로 모든 위대한 시가 시작되는 근원적인 자리입니다.

요셉 김욱이 시인의 **「아름다운 당신에게」**는 "미술관에 있는 그림이 걸어가는 것 같았다"는 표현 하나로 평범한 일상을 비범한 예술로 만드는 그의 특별한 재능을 느끼게 합니다. 세상을 새롭게 보게 하는 시인의 눈을 가졌다는 가장 큰 칭찬을 보냅니다.

박선자 시인의 **「겨울」**은 얼음장 밑 생명의 물길을 통해, 혼란한 세상 속에서도 지켜야 할 믿음과 순리를 노래합니다. 그 차분하고 깊은 목소리는 시가 줄 수 있는 가장 큰 위로를 담고 있어, 읽는 이의 마음을 정화시켜 줍니다.

단이 배수만 시인의 **「위대한 한 가족의 서사」**는 먼저 길을 걸어온 저를 숙연하게 만드는 힘을 지녔습니다. 가족사를 민족의 역사로 승화시킨 그 담대함은 시가 얼마나 위대한 증언이 될 수 있는지를 몸소 보여주었고, 우리 문학에 묵직한 무게를 더했습니다.

초연 이용희 시인의 **「재再의 미학」**에서 저는 한 명의 철학자를 보았습니다. "삶이란 / 무너진 자리 위에 / 또다시 중심을 세우는 일"이라는 구절은, 그가 고통을 사유로 빚어내는 성숙한 시인으로 우뚝 섰음을 증명하며, 우리에게 삶의 본질을 되묻게 합니다.

주창백 시인의 **「어머니의 용龍단지」**는 연륜이 빚어낸 지혜와 따스함이 빛나는 작품입니다. 어머니의 사랑이라는 성소를 '용단지'라는 소재로 이토록 절절하게 그려낸 솜씨는, 늦게 피어난 열정이 얼마나 아름답고 깊을 수 있는지를 보여줍니다.

든든한 버팀목이 되어 준 여섯 그루의 나무

언제나 든든하게 함께 길을 걸어온 여섯 선배 시인들은 『시가흐르는서울』의 자랑이자 기둥입니다. 여러분의 시는 이제 단단한 뿌리를 내린 나무처럼 그늘을 만들고 향기를 냅니다.

김광수 시인은 **「거울에 비친 자아」**를 통해 시간을 넘어선 존재의 본질을 탐구하는 그만의 깊은 사유를 다시 한번 보여주었습니다. 그의 시는 지친 영혼들에게 고요한 쉼터를 제공하는 명상의 길입니다.

김윤성 시인의 **「물처럼 살렵니다」**는 겸손하고 순한 삶의 도를 노래하는, 그의 인품이 그대로 담긴 시입니다. 그의 시를 읽으면 세상의 모든 이치가 맑아지는 듯하여, 우리가 지향해야 할 삶의 자세를 가르쳐줍니다.

서주문 시인이 **「폐허 된 고향집」**에서 보여준 그리움의 정서는 읽는 이들의 마음 가장 부드러운 곳을 어루만집니다. 그 진솔한 목소리는 우리 모두의 마음속 고향을 떠올리게 하는 보편적 울림을 지녔습니다.

석산 양준호 시인은 **「한강 그 흐름의 서사」**에서 장대한 역사의 강을 시로 그려냈습니다. 개인의 서정을 넘어 역사를 꿰뚫는 그의 큰 시선은 우리 문학 공동체에 자랑스러운 깊이와 넓이를 더합니다.

일주 이순재 시인의 **「보물 1호」**는 어머니의 낡은 목걸이 하나로 우주보다 큰 사랑을 이야기하는, 생동감 넘치는 시입니다. 읽는 이의 가슴을 뭉클하게 만드는 진솔함이 돋보이며, 삶의 모든 순간을 에너지로 바꾸는 그의 열정은 늘 우리에게 큰 힘이 됩니다.

이영실 시인의 **「하루를 1년처럼 살고 싶은 여자」**는 삶을 향한 뜨거운 의지와 긍정이 담긴 찬가입니다. 시련을 이겨낸 자만이 쓸 수 있는 이 강인한 시는 우리 모두에게 깊은 감동과 함께 자신의 삶을 돌아볼 용기를 줍니다.

맺으며

사랑하는 시인들이여, 이제 여러분은 한 권의 시집이라는 따뜻한 둥지를 떠나 저마다의 목소리로 더 넓은 하늘을 향해 날아오를 준비를 마쳤습니다. 이 경이로운 시작의 길목에서, 부디 잊지 말아야 할 저의 가장 간곡한 당부 하나를 여러분의 마음에 새겨드리고 싶습니다.

그것은 바로 시인은 선善을 지향하는 사람들이라는 사실입니다. 시는 단순히 아름다운 문장을 짓는 기술이 아닙니다. 그 이전에, 맑은 영혼으로 세상을 바라보고, 아파하는 이들을 주저 없이 끌어안으며, 세상의 가장 그늘진 곳에 빛을 건네려는 마음의 자세가 시인의 첫 번째 덕목입니다. 여러분의 시가 한낱 언어의 유희에 그치지 않고 생명의 온기를 품기 위해서는, 바로 이 선한 의지가 시의 뿌리가 되어야 합니다. 여러분이 고뇌하며 빚어낸 단 한 줄의 시가, 어두운 밤을 홀로 지새우는 누군가에게는 길을 밝히는 등불이 되고, 상처 입은 마음을 어루만지는 따뜻한 손길이 될 수 있다는 거룩한 믿음을 평생 잃지 마십시오

저는 여러분이 걸어갈 길을 누구보다 믿습니다. 길이 때로 거칠고 고단할지라도, 그 모든 여정이 결국 한 편의 시로 승화될 것이라 확신합니다. 시란 상처를 끌어안은 땅에서 피어나는 꽃과도 같아, 고난은 곧 시의 토양이 되고, 눈물은 그 꽃을 적시는 맑은 빗줄기가 됩니다. 여러분이 그 길에서 겪는 모든 시련은 언젠가 더 깊은 울림의 언어로 거듭날 것입니다. 서로가 서로에게 따뜻한 울림이 되어주고, 한국 문학의 토양을 더욱 기름지게 가꾸어 나가길 바랍니다. 여러분의 목소리가 모이면 강물이 되고, 그 강물은 바다를 이루어 더 큰 세계로 흘러갈 것입니다. 여러분 한 분 한 분이 새로운 별이 되어 시의 밤하늘을 수놓을 때, 이 땅의 독자들 또한 더 밝은 내일을 마주할 것입니다. 별빛은 멀리서도 길을 밝히듯, 여러분의 시 또한 먼 누군가의 심장을 흔들고 삶을 일으키는 빛이 되리라 믿습니다

그리고 저는, 오래 전 저 또한 선배 시인들 곁에서 불빛을 얻어 길을 걸어왔듯, 이제는 여러분에게 작은 등불이자 바람결이 되고 싶습니다. 스승이란 이름으로 여러분 위에 서 있는 것이 아니라, 같은 길 위에서 뒤돌아보며 미소 짓는 한 사람으로 남고 싶습니다. 언젠가 여러분의 시가 저를 다시 가르치고, 저를 일으키는 날이 오리라 믿습니다. 그러므로 오늘의 축하가 단지 의례적 인사가 아니라, 새로운 세대를 향한 깊은 기원의 노래가 되기를 바랍니다.

여러분의 문운이 창대하기를, 그리하여 세상의 빛이 되기를 진심으로 축원합니다..

여러분의 영원한 길벗,

졸업 작품집

인쇄 2025년 09월 25일
발행 2025년 09월 29일

지 은 이 : 빅선자 배수만 김영숙 김욱이 이용희 주창백
　　　　　김광수 김윤성 서주문 양준호 이영실 이순재
발행인 : 문예출판
펴낸곳 : 문예출펀
등록번호 제 2022-000093호

경기도 부천시 원미구 소사로 327번길 44
　　　Mobile: : 010-4870-9870
　　　전자우편 : 1947kjk@naver.com
ISBN :979-11-88725-48-9 03800
값 10,000원

잘못된 책은 구입하신 서점에서 바꾸어 드립니다.
인지는 생략합니다.